Christoph Martin Wieland

Nachlass des Diogenes von Sinope.

Salzwasser

Christoph Martin Wieland

Nachlass des Diogenes von Sinope.

1. Auflage | ISBN: 978-3-84606-346-0

Erscheinungsort: Paderborn, Deutschland

Erscheinungsjahr: 2015

Salzwasser Verlag GmbH, Paderborn.

Vorbericht des Herausgebers.

Geschrieben im Jahre 1769.

Ich hatte vor einigen Jahren Gelegenheit, in einer gewissen Abtei B ... Ordens in S. Bekanntschaft zu machen, welche, Dank sei dem Genius des zwölften und dreizehnten Jahrhunderts, der sie *dotiert*, und dem ökonomischen Geiste, der sie bisher verwaltet hat, reicht genug ist, siebzig bis achtzig wohlgenährte Erdensöhne in einem durch verjährte Vorurteile ehrwürdig gemachten Müßiggang, und in tiefer Sorglosigkeit über alles, was außerhalb ihrer Gerichte und Gebiete vorgeht, zu unterhalten.[1]

Vermöge einer wohl hergebrachten Gewohnheit hat das Kloster einen Bücherschatz, welcher sich mehr durch Weitläufigkeit als gute Einrichtung empfiehlt. Von neuen Büchern werden höchstens nur eine gewisse Art von Kanonisten, Asketen und Ordensgeschichtsschreibern angeschafft. Von allen andern, besonders von den Werken des Genies, ist die Rede nicht. Diesen letztern wird der Zutritt gar nicht gestattet: und wofern sich eines derselben durch irgendeinen unglücklichen Zufall in so heterogene Gesellschaft verirren sollte; so hat der Pater Bibliothekar nichts angelegners, als sich sogleich in einem besondern Schrank, der allen seines gleichen zum Gefängnis bestimmt ist, einzuschließen, und zu mehrere Sicherheit in Ketten schmieden zu lassen. Zum Gebrauch, den diese würdigen Männer von ihrer Bibliothek machen, haben sie auch in der Tat keine guten Bücher, und, wenn wir die Wahrheit sagen sollen, überhaupt keine Bücher vonnöten; welches denn vermutlich der Grund ist, warum die Vermehrung derselben in ihren Augen unter die überflüssigen Ausgaben gehört, welche ein Abt, der den Ruhm eines guten Haushalters hinterlassen will, dem Kloster ersparen muss. In der Tat vermute ich, dass bloß eine Art von Gefälligkeit gegen die Motten, welche man in ihrem unfürdenklichen Besitze zu stören Bedenken trägt, oder vielleicht die Furcht, dass sie sich, wenn sie daraus vertrieben würden, ihres Schadens auf eine unsern guten Mönchen weniger gleichgültige Art erholen möchten, der Beweggrund ist, warum man die sogenannte Bibliothek immer ungefähr in demjenigen Stande, worin man sie gefunden hat, den Nachkommen zu hinterlassen sucht.

Dem sei wie ihm wolle, das unbegreifliche Schicksal wollte, dass ich in dieser nämlichen Bibliothek etwas fand, was ich am wenigsten da ge-

[1] Zur Steuer der Wahrheit können wir nicht verhehlen, dass seit den 25 Jahren, da alles hier gesagte historische Wahrheit war, auch in dem Reichsstifte, wovon die Rede ist, (so wie in S. überhaupt) die Gestalt der Sachen sich so mächtig geändert hat, das es dem inquisitivsten Reisenden unmöglich sein würde, das ehemalige Urbild von dem hier aufgestellten Gemälde ausfindig zu machen.

sucht hätte, und was in der Tat so außerordentlich scheint, dass ich besorge, meine ganze Erzählung dadurch verdächtig zu machen, – einen vernünftigen und wissensbegierigen Bibliothekar. Um die Sache einigermaßen begreiflich zu machen, muss ich sagen, dass er dem Anschein nach kaum dreißig Jahre haben mochte. Meine Freude über diesen Fund war, wie billig, außerordentlich; wir wurden in wenigen Minuten gute Freunde, und ich fand, dass der wackere Pater das Recht, seine Gefangenen, so oft er wollte, von ihren Ketten loszuschließen und sich mit ihnen in seinen Nebenstunden zu unterhalten, ziemlich wohl zu benutzen wusste. Er war noch nicht, was man eigentlich einen aufgehellten Kopf nennen kann; aber es fing doch wirklich an in seinem Kopfe Tag zu werden, und ich machte mir gute Hoffnung, bei einem zweiten Besuch im Kloster einen beträchtlichen Teil desselben schon beleuchtet zu finden. Aber ich fand mich in meiner Erwartung sehr betrogen. Seine Obern, was sie auch sonst sein mochten, waren doch nicht so dumm, dass sie nicht etwas von demjenigen wahrgenommen haben sollten, was diesen Mann in meinen profanen Augen schätzbar machte. Man erschrak darüber. Seit sieben oder acht Jahrhunderten hatte sich der Fall nicht ein einziges Mahl begeben, dass ein Mönch dieses Klosters hätte klüger sein wollen als seine Mitbrüder. Was für Folgen konnte eine solche Neuerung haben! Man übersah sie beim ersten Blick, man erschrak davor und glaubte nicht schnell genug eilen zu können, einem so großen Übel vorzubauen. Mit Einem Worte, der ehrliche .. wurde plötzlich zu einem andern Amte befördert, und der Pater *Küchenmeister* wurde – *Bibliothekar.*

Man hätte keine glücklichere Wahl treffen können; er war die beste, dümmste, und mit sich selbst und ihrer Dummheit vergnügteste Seele von der Welt. Außer seinem Brevier und *Marx Rumpels* Kochbuche hatte er in seinem Leben nichts gelesen; auch konnt' er nicht begreifen, wie es Leute geben könne, die sich mit dem unnützen Bücherlesen die Augen verderben mögen. Weil man doch von allem gern eine Ursache angibt, so half er sich damit, dass er behauptete, die Wissensbegierde und die daher rührende Liebe zum Bücherlesen sei weder mehr noch weniger als einer von den subtilen Fallstricken, wodurch der leidige Satan die Seelen in seine Gewalt zu ziehen suche. Unwissenheit war, seiner Meinung nach, der wahre Stand jener seligen Einfalt und Armut an Geiste, welchen die herrlichste Belohnung in jener Welt versprochen ist; und er pflegte zu sagen, dass ein Kamel leichter durch ein Nadelöhr, als ein Gelehrter in das Himmelreich eingehen könnte. Kurz, man hätte vielleicht die Hälfte von Europa durchsuchen können, ohne noch einen Bibliothekar, wie dieser war, anzutreffen.

Meine angeborne Neigung zu allen Leuten, die in ihrer Art *ungemein* sind, machte, dass ich gar bald mit dem neuen Bibliothekar ebenso gut bekannt war als mit seinem Vorfahrer. Ich schmälte auf den *Febronius* und lobte das alberne Buch des Herrn von ...; mehr brauchte es nicht, mich bei ihm in die beste Meinung von der Welt zu setzen. Ich hatte aber, die Wahrheit zu sagen, noch eine andere Absicht, ohne welche ich vielleicht so gefällig nicht gewesen wäre. Es standen ein paar Schränke voll Handschriften in der Bibliothek, unter denen, der Sage nach, einige rare Stücke sein sollten. Ich konnte mir vorstellen, was ich ungefähr zu erwarten haben möchte; allein ich wollte doch sehen. Ich machte den P. Bibliothekar, der in der Tat ein sehr gutherziges Geschöpf war, so gefällig, dass er mir seine Schränke aufschloss. Ich fand, was ich mir eingebildet hatte, schön geschriebene Gebetbücher, Legenden, magre Chroniken von Erschaffung der Welt an, Quaestiones metaphysicales de principio individuationis, de formalitatibus etc. Commentarios in libros sententiarum, in parva Naturalia Aristotelis, Abbreviationes Decretorum, und hundert andre dergleichen Leckerbissen, welche mich nicht sehr lüstern machten, mehr als die Titel davon zu entziffern. Ich war im Begriff alles weitere Suchen aufzugeben, als mich das moderige Aussehen eines dünnen Kodex in Quartformat, oder vielmehr der nämliche Instinkt, welchen *Sokrates* seinen *Genius* zu nennen pflegte, auf eine beinahe bloß maschinenmäßige Art antrieb, ihn hervor zu ziehen, um zu sehen, was es sein möchte. Das Buch hatte weder Anfang noch Ende; aber der Name *Diogenes*, und einige andre, die ich nicht darin gesucht hätte, machten mich, ungeachtet des schlechten Lateins, aufmerksam. Ich überlas eines oder zwei von den kleinsten Kapiteln und war nun vollkommen überzeugt, dass ich vermutlich auf die beste unter allen diesen Handschriften gestoßen sei.

Da ich mir Gewalt genug antat, um dem ohnehin wenig auf mich Acht gebenden Kerkermeister dieses literarischen Gefängnisses nicht merken zu lassen, wie wichtig mir dieser Fund war, so kostete mir es wenig Mühe, die Erlaubnis von ihm zu erhalten, es auf etliche Tage zum Durchlesen mitzunehmen. Und nun weiß der geneigte Leser so gut als ich selbst, sie ich zu der alten Handschrift gekommen bin, davon ich ihm hiermit eine Art von Übersetzung vorlege.

Ich nenne sie eine *alte* Handschrift, ungefähr aus eben dem Grunde, womit der *Antiquar*, dessen *Lady Worthley* in ihrem dreizehnten Briefe gedenkt, ihren Einwurf gegen das Altertum der Münzen in dem damaligen kaiserlichen Kabinett ablehnte: *Sie sind alt genug*, sagte er; *denn soviel ich weiß, sind sie diese vierzig Jahre her immer da gewesen*. So viel getraue ich mir zu behaupten, dass sie wenigstens nicht viel jünger ist als einige Übersetzungen von aristotelischen Büchern aus dem Arabischen. Denn soviel ich aus dem noch übrigen Bruchstücke der Vorrede ersehen konnte, gibt der Verfasser vor, dieses Werkchen aus einer *arabischen* Handschrift, die er in der Bibliothek zu *Fetz* gefunden und abgeschrieben habe, in so gutes Latein, als man damals zu *Salamanka* zu lernen pflegte, gedolmetscht zu haben.

Da ich fand, dass ein beträchtlicher Teil dieser Handschrift aus Gesprächen des Diogenes mit sich selbst und mit andern bestehe, so erinnerte ich mich aus dem *Diogenes Laertius*, dass *Diogenes von Sinope*, genannt der *Hund*, unter andern auch *Dialogen* geschrieben haben sollte. Und nun brauchte ich nichts weiter als von den Regeln der Verwandlung des Möglichen ins Wirkliche einen kleinen Gebrauch zu machen, um mir einzubilden, dass diese Dialogen ohne Zweifel unter den griechischen Handschriften gewesen seien, welche der berühmte *Kalif Al-Mamon* zu Bagdad mit großen Kosten zusammensuchen und ins Arabische übersetzen ließ; dass ein Exemplar dieser arabischen Übersetzung in der Folge in die prächtige Bibliothek gekommen sei, welche unter der Regierung des maurischen Sultans *Al-Mansur* errichtet worden sein soll; und dass dieses Exemplar vielleicht das nämliche gewesen, aus welchem mein Ungenannter seine Übersetzung verfertiget habe.

Wenn ich ein Liebhaber von Dissertationen *über Dinge, die man nicht wissen kann*, wäre, sollt' es mir eben nicht schwerfallen, mir selbst eine Menge Einwürfe gegen diese Hypothese zu machen. Der Beträchtlichste würde indessen doch immer derjenige sein, der von dem Karakter, welchen Diogenes in diesen Dialogen und übrigen Aufsätzen behauptet, hergenommen werden kann.

Es ist nämlich der gewöhnlich Begriff, den man sich, den Nachrichten des Diogenes Laertius und dem Athenäus zufolge, von unserm *Diogenes von Sinope* zu machen pflegt, von demjenigen, den wir aus diesem Werke von ihm bekommen, nicht weniger verschieden, als die Komödie von dem Possenspiel, der ironische Sokrates von dem zügellosen Aristofanes, der Harlekin des Marivaux von dem Hanswurst des alten Wiener Theaters, und ein launiger, aber feiner und wohl gesitteter Spötter der menschlichen Torheiten von einem schmutzigen und ungeschliffenen Misanthropen unterschieden ist.

Wenn dem unkritischen Kompilator der Lebensbeschreibungen der Philosophen, und dem waschhaften Grammatiker, der in seinem *Gelehrten-Gastmahle* den alten Weisen so viele ungereimte Geschichtchen anheftet, zu glauben wäre, so müsste *Diogenes der Zyniker* der verachtenswürdigste, tolleste, unflätigste und unerträglichste Kerl gewesen sein, der jemals die menschliche Gestalt verunziert hätte; und es wäre solchen Falls nichts unbegreiflicher, als wie eben dieser hündische Mensch so vernünftige Dinge, als die Alten von ihm melden, hätte *sagen* und *tun* können, und woher die Hochachtung gekommen sein sollte, welche selbst die Weisesten unter ihnen für ihn geheget habe.

Aber zum Glücke für sein Andenken verdienen die vorbemeldeten Schriftsteller, welche uns ein so hässliches Bild von diesem Schüler und Nachfolger des *Sokratischen Antisthenes* machen, nicht Glauben genug, um die Gründe zu entkräften, womit die bessere Meinung unterstützt ist, welche einige neuere Gelehrte von ihm gefasst haben. Wer diese Sache umständlich erörtert lesen will, kann seine Wissensbegierde in demjenigen, was *Heumann* und *Brucker* hierüber geschrieben haben, befriedigen. Uns genüget hier dem schwachen Ansehen jener beiden alten Griechen (deren anderweitiger Werth uns sonst ganz wohl bekannt ist) das ungleich größere Gewicht zweier weiser Männer des griechischen Altertums entgegenzusetzen, welche uns einen ganz andern Begriff von unserm Diogenes geben.

Der eine ist *Arrian*, ein Mann, den seine persönlichen Verdienste unter dem Kaiser *Hadrian* zur Statthalterschaft von Kappadokien beförderten, und der, was noch mehr als dies ist, ein Schüler und Freund des weisen *Epiktet*, und in der Tat der *Xenofon* dieses *zweiten Sokrates* war. Ich schreibe nicht gern ab: Leser, welche die Quellen selbst besuchen können, mögen das zweiundzwanzigste und vierundzwanzigste Kapitel des dritten Buches seines *Epiktet* nachlesen, um zu sehen, was für ein großes und sogar liebenswürdiges Bild er von unserm Philosophen macht. Sie werden finden, dass er in dem ersten der angezogenen Kapitel - worin er von dem *echten Zynismus* handelt, und denselben gegen die Vorwürfe, welche von den Sitten einiger After-Zyniker hergenommen zu werden pflegen, ausführlich rechtfertigt - an verschiedenen Stellen deutlich zu erkennen gibt, dass *Diogenes* ein solcher Mann gewesen sei, wie der den *wahren Zyniker* schildert; - und dass er in andern, wo er sich über den eigenen Karakter des Diogenes umständlicher ausbreitet, ihm eben diese Liebe zur Unabhängigkeit, eben diese Freimütigkeit und Stärke der Seele, eben diese Güte des Herzens, eben diese Gesinnungen eines Menschenfreundes und Weltbürgers zuschreibt,[2] durch welche er sich in seinem gegenwärtigen *Nachlass*, bei aller seiner Singularität und Launen-

[2] Αγε, Διογενης δ' ουκ εφιλει ουδενα; ος ουτως ημερος ην και φιλανθρωπος, etc. – δια τουτο πασα γη πατρις ην εκεινω μονω, εξαιρετος δ' ουδεμια, etc. Arrian. L. III. c. 24. p. m. 382

haftigkeit, unsrer Zuneigung bemächtigt. Und gesetzt auch, wie wir gern gestehen, dass ihn *Arrian* nur von der *schönen* Seite gemalt hätte: So bleibt doch immer so viel gewiss, dass er in dem wirklichen historischen Karakter des Diogenes den Grund dazu gefunden haben musste; denn man wählt keinen *Thersites* zum Urbilde, wenn man einen schönen Mann malen will.

Die zweite Autorität, welche ich den Verleumdern unsers Weisen entgegen stelle, ist der Philosoph *Demonax*, dessen Karakter uns *Lucian* (ein sehr glaubwürdiger Mann, wenn er Gutes von jemand sagt, denn das begegnet ihm selten genug) in einer eignen Abhandlung mit xenophontischem Geist und Plutarchischer Naivität geschildert hat. Wenn dieser weise Mann gleich kein Sektenstifter noch ein großer Verehrer metaphysischer Spekulationen war, so wird doch niemand, der gelesen hat was uns Lucian von ihm erzählt, in Abrede sein, dass er das günstige Urteil verdiene, das dieser scharfe und misstrauische Beurteiler des moralischen Werths der menschlichen Dinge von ihm fällt. Ist aber das Ansehen dieses Demonax festgesetzt, so muss auch sein Urteil von Diogenes Gewicht genug haben, alle die elenden Märchen und Gassenanekdoten zu überwiegen, auf welche die abschätzige Meinung, die man gemeiniglich von ihm hegt, gegründet ist. *Lucian* führet etliche Züge an, welche die ungemeine Hochachtung des Demonax für den Diogenes beweisen. Wir begnügen uns, zwei davon abzuschreiben. Die Rede war einst von den alten Philosophen, und welcher unter ihnen am meisten Hochachtung verdiene. Ich meines Orts, sagte Demonax, ich *verehre* den *Sokrates, bewundere* den *Diogenes*, und *liebe* den *Aristippus*. Und da man ihm zu Olympia eine Bildsäule aufrichten lassen wollte, lehnte er diese Ehre aus dem Grunde ab: »Damit es ihren Vorfahren nicht zur Schande gereiche, *weder dem Sokrates noch dem Diogenes Bildsäulen gesetzt zu haben*.«

Wenn gegen solche Zeugnisse noch immer der Einwurf übrig bleibt: man könne doch, ohne die ganze Autorität des Altertums wider sich zu haben, nicht leugnen, dass Diogenes überhaupt unter seinen *Zeitgenossen* in schlechtem Ansehen gestanden und vielmehr für einen *närrischen Sonderling* als für einen *weisen Mann* gehalten worden sei; so können wir dies zugeben, ohne dass er das geringste von der Achtung verlieren soll, die uns das günstige Urteil *der kleinen Zahl* für ihn gegeben hat. Was für einen Begriff müssten wir uns von *Sokrates selbst* machen, wenn wir ihn nach demjenigen, den Aristophanes in seinen Wolken auf die Schaubühne brachte, oder nach der Anklage des *Anytus* und nach dem Endurteil seiner Richter beurteilen wollten. Man müsste wenig Kenntnis der Welt haben, wenn man nicht wüsste, dass etliche wenige Züge von Sonderbarkeit und Abweichung von den gewöhnlichen Formen des sittlichen Betragens hinlänglich sind, den vortrefflichsten Mann in ein falsches Licht zu stellen. Wir haben an dem berühmten Hans Jakob Rousseau in Genf (einem Manne, der vielleicht im Grunde nicht halb so sonderbar ist, als er scheint) ein Beispiel, welches diesen Satz ungemein erläutert. Und in den vorliegenden Aufsätzen werden wie den Diogenes selbst über diesen Gegenstand an mehr als Einem Orte so gut räsonnieren hören, dass schwerlich jemanden, der sich nicht zum Gesetz gemacht hat nur seine eigene Meinung gelten zu lassen, ein unaufgelöster Zweifel übrig bleiben wird.

Bei allem dem gestehe ich doch gern, dass *der Diogenes*, der in diesen Aufsätzen spricht, mir selbst ein ziemlich *idealischer* Diogenes zu sein scheint: es sei nun, dass ihn der lateinische Übersetzer wirklich aus dem Arabischen und der Arabische aus einem griechischen Original gedolmetscht habe, oder dass einer von den vorgeblichen Übersetzern selbst der Urheber dieses Werkchens sei. Die Verschönerung einiger Züge fällt in die Augen; und, um alle mögliche Aufrichtigkeit gegen den Leser zu gebrauchen, kann und soll ich ihm nicht verhalten, dass auch ich, ebenso wohl als die beiden Übersetzer, meine Vorgänger, vielleicht eben so viel aus Notwendigkeit als aus Vorsatz, mehr Antheil daran habe, wenn dieses kleine Werk der Urschrift ziemlich unähnlich sein sollte, als mit der Treue bestehen kann, die man ordentlicherweise von einem Dolmetscher fordert. Ohne Umschweife, ich besorge, sie habe beinahe das nämliche Schicksal gehabt, welches die Geschichte des *Schaumlöffels*, nach der Erzählung seines französischen Herausgebers, betroffen haben soll. Es ist mehr als zu wahrscheinlich, dass der erste arabische Übersetzer, gesetzt auch, dass er alle mögliche Geschicklichkeit gehabt habe, doch in der unendlichen Verschiedenheit seiner Sprache von der Griechischen eine unüberwindliche Schwierigkeit gefunden, ein Werk von dieser sonderbaren Art gut zu übersetzen. Es wird also vermutlich von ihm geheißen haben: Ex Graecis bonis fecit Arabicas non bonas. Ich denke, es sei dem lateinischen Dolmetscher nicht besser gegangen. Die Wahrheit zu sagen, seiner Schreibart nach muss er ein armer Stümper gewesen sein; ungeachtet er, als ein *Magister noster* auf einer neu angehenden Universität (wie *Salamanka* damals war) in der Vorrede die Backen ziemlich aufzublasen scheint.

Er scheint, nach Art unsrer meisten neuern Übersetzer, weder die Sprache, *aus* welcher, noch die, *in* welche er übersetzt hat, am allerwenigsten aber den *Geist seiner Urkunde* recht verstanden zu haben.

Man merkt an unzähligen Orten, dass da vermutlich ein feiner Gedanke, oder eine glückliche Wendung, oder irgendeine andere seinesgleichen unsichtbare Schönheit unter seinen plumpen Händen verloren gegangen sein müsse; an vielen Stellen ist er sogar gänzlich unverständlich, ohne sich das Mindeste darum zu bekümmern, was seine Leser dazu sagen würden. Vermutlich hat er sich nicht vorgestellt, dass er Leser haben würde, oder (wie ein ehemaliger französischer Übersetzer der *Musarion*) nur für sich und seine guten Freunde, und nicht für das Publikum – schlecht übersetzt. Dem sei wie ihm wolle, so viel ist gewiss, dass ich der Welt das elendeste Geschenk, das sich denken lässt, gemacht haben würde, wenn ich mich durch die Ehre, der Herausgeber einer alten lateinischen Handschrift zu sein, hätte verleiten lassen, die Seinige, so wie sie war, abdrucken zu lassen.

Ich gab mir also, weil doch dieser Diogenes so viel zu verdienen schien, lieber die Mühe, ihn ganz umzuschmelzen, und, nach meinem besten Können und Wissen, so *Deutsch* reden zu lassen, wie ich mir einbildete, dass ihn wenigstens ein erträglicher Griechischer Sophist aus Alcifrons Zeiten möchte haben, *Griechisch* reden lassen.

Zusatz.

Dieses kleine Werk erschien im Jahre 1770 zum ersten Male unter dem Titel *Dialogen des Diogenes.* Man hat das Wort *Dialogen* hauptsächlich deswegen unschicklich gefunden, weil die *eigentlichen Gespräche* nur den wenigsten Teil des Ganzen ausmachen; als welches meistens aus zufälligen Träumereien, Selbstgesprächen, Anekdoten, dialogisierten Erzählungen und Aufsätzen, worin Diogenes bloß aus Manier oder Laune abwesende oder eingebildete Personen *apostrophiert,* zusammengesetzt ist. Der Herausgeber, der jenem Tadel nichts Erhebliches entgegenzusetzen hatte, fand also für gut, bei gegenwärtiger Ausgabe von der letzten Hand den Titel der alten lateinischen Handschrift, Diogenis Sinopensis Reliqua beizubehalten; ein Titel, wozu dieses Werkchen ein desto größeres Recht hat, weil in der Tat (da die unechten *Briefe,* die dem Diogenes angedichtet worden sind, nicht in Betrachtung kommen) außer demselben sonst nichts von diesem berühmten Zyniker übrig ist.

Der ehemalige *griechische Titel* Σωκρατης μαινομενος (Sokrates delirans, *ein aberwitzig gewordener Sokrates*) ist aus dem zweifachen Grunde weggeblieben, erstlich, weil er Griechisch ist, und dann weil dieser halb ehrenvolle halb spöttische Spitznahme, welchen *Plato* dem Diogenes gegeben haben soll, auf *den* Diogenes, der sich uns in diesen Blättern darstellt, ganz und gar nicht zu passen scheint. Dieser ist zwar ein *Sonder-*

ling, aber ein so gutherziger, frohsinniger und (mit Erlaubnis zu sagen) so vernünftiger Sonderling, als es jemals einen gegeben haben mag; und gewiss, wer nicht *Alexander* ist, könnte sich schwerlich etwas Besseres zu sein wünschen als ein *solcher Diogenes.*

1.

Wie ich auf den Einfall komme, meine Begebenheiten, meine Beobachtungen, meine Empfindungen, meine Meinungen, meine Träumereien, - *meine* Torheiten, - *eure* Torheiten, und - die *Weisheit*, die ich vielleicht *aus beiden* gelernt habe, zu Papier zu bringen, das - sollte gleich das erste sein, was ich euch sagen wollte, wenn ich nur erst Papier hätte, worauf ich schreiben könnte. - Doch Papier könnten wir leicht entbehren, wenn wir nur Wachstafeln oder Baumrinden, oder Häute, oder Palmblätter hätten! - und in Ermanglung deren möcht' es weißes Blech, Marmor, Elfenbein, oder gar Backsteine tun; denn auf alle diese Dinge pflegte man ehemals zu schreiben, als es noch mehr darum zu tun war dauerhaft als viel zu schreiben. - Aber unglücklicherweise hab' ich von allen diesen Schreibmaterialien nichts; und wenn ich sie auch hätte, so würd' ich sie nicht gebrauchen können, weil ich weder Feder noch Griffel, noch irgendein andres Werkzeug dazu habe, als dieses Stückchen Kreide.

Es ist ein schlimmer Handel! - Aber wie macht' ichs, wenn gar nichts von allen diesen Dingen in der Welt wäre?

Nicht schreiben wäre wohl das kürzeste Mittel; aber schreiben *will* ich nun, das ist beschlossen!

In den Sand schreiben? - Es ginge an; ich kenne zwei bis dreihundert junge und alte Schriftsteller, (nichts von einigen *Tausenden* zusagen, die ich *nicht* kenne) denen ich, weil sie doch nun einmal schreiben *wollen* - oder schreiben *müssen*, - diese Methode bestens empfohlen haben wollte. Allein sie hat bei allem dem ihre Unbequemlichkeiten. -

Dummkopf! Dass ich mich nur einen Augenblick besinne, eh' ich sehe, dass meine *Tonne* geräumig genug ist, eine ganze *Iliade* zu fassen, insofern ich klein genug schreiben könnte. An meine Tonne will ich schreiben! - Ihre Seitenwände sind ohnehin so nackt, ohne Schnitzwerk, ohne Vergoldung, ohne Tapeten, ohne Malereien; - in der Tat gar zu kahl. - Bin ich nicht so gut als der Wurm, aus dessen gesponnenem Schleime man diese Gewebe macht, womit unsre *neuen Argonauten* ihre Säle behängen?[3] - Der Wurm spinnt sich sein Haus selbst; ich beneide ihn darum; das ist mehr als ich kann. Aber ich kann doch mein Haus mit meinen eignen *Hirngespinsten* tapezieren, und das *will* ich, wenigstens solange dieses Stückchen Kreide dauert.

In der Tat, es sollte mich verdrießen, wenn unter allen zweibeinigen Tieren ohne Federn auf diesem Erden *rund*, oder Erden *ey*, oder Erden *teller* - was es ist, mögen die Herren ausmachen, die sonst nichts zu tun haben, und nicht müßig sein können - ein einziges wäre, das *weniger* Bedürfnisse hätte als ich.

Es ist eine vortreffliche Sache, *keine Bedürfnisse* zu haben; oder, wenn man nun einmal nicht umhin kann, *einige* zu haben, doch wenigstens *nicht mehr* zu haben, als man schlechterdings haben *muss*, und sich so wenig damit zu tun zu machen, als nur immer möglich ist. Anfangs, insofern ihr nicht dazu *geboren* seid, kostets einige Mühe. - Aber wie viel Mühe macht sich der Tor, der sich in den Kopf gesetzt hat *reich zu sterben*? Wie viel Mühe gibt sich der Tor *Fädrias*, sein Mädchen erst zu *gewinnen*, hernach zu *befriedigen*, dann zu *hüten*? Wie viel kostets einem andern Toren, um aus einem Gerber oder Gewürzhändler *ein Vater des Vaterlandes* zu werden? Oder einem andern, sich in die Gunst eines *Satrapen* einzuschmeicheln? - Die doppelten Narren! Mit der Hälfte der Mühe, die sie anwenden, sich tausend wirkliche und eingebildete Plagen zu den natürlichen, denen sie ohnehin nicht entgehen können, zu erkaufen, könnten sie sich auf ihr ganzes Leben in den Besitz einer Glückseligkeit setzen, die so nahe als möglich an die göttliche reicht.

Denn dass die seligen Götter es *darum* seien, weil sie nichts zu tun haben als sich ewig mit Ambrosia zu füllen, ewig in Nektar zu berauschen, und den Weihrauch in die Nase zu ziehen, den wir ihnen zu ehren verbrennen, - das glauben ihre Priester - wie ich. Sie sind selig, *weil sie nichts bedürfen*, nichts fürchten, nichts hoffen, nichts wünschen, alles in sich selbst finden; - und so bin *ichs* auch, soviel es ein armer Schelm von einem Erdensohne sein kann, der Brot oder Wurzeln haben muss, um zu leben, einen Mantel, um nicht zu frieren, eine Hütte oder wenigstens ein Fass, um sich ins Trockne legen zu können, und - ein Weibchen seiner Gattung, wenn er Menschen pflanzen will.

---

[3] Wir können es keinem Kenner der griechischen Sitten und Gebräuche in den Zeiten des Diogenes verdenken, wenn er an der Echtheit dieser Stelle zweifelt. Freilich ist es nicht die Einzige in diesem Werke, die zu einem solchen Zweifel Anlass gibt – Aber desto schlimmer! Werden die Kenner sagen.

Bei allem dem bin ich zufrieden, es so weit gebracht zu haben, dass ich gegen Hunger und Durst *nur* Wurzeln, gegen die Blöße *nur* einen Mantel von Sackleinwand, gegen Wind und Wetter *nur* mein Fass nötig habe.

Was den vierten Artikel betrifft, davon hören eure ernsthaften Leute nicht gern sprechen, und ein weiser Mann denkt so wenig daran, als er kann; - und *muss* er daran denken, nun, so hat unsere gute Mutter Natur auch dafür Rath geschafft; wie ich euch mit einem hübschen Beispielen beweisen könnte, wenn ich nicht besorgte, ihr möchtet - eifersüchtig werden.

2.

Wenn sich jemand in den Kopf setzen wollte, andern Leuten zu Gefallen weise zu werden, - als, zum Beispiele, sein Glück dadurch zu machen, oder sich bei der Welt in Achtung zu setzen, oder sich ihrem Tafel zu entziehen, - so wollte ich ihm unmaßgeblich geraten haben, sich hinzusetzen und es bleiben zu lassen. Denn ich will meine Tasche und meinen Stecken, das ist, mein ganzes Vermögen, gegen eine Puffbohne (insofern ihr keine *Pythagoräer* seid) setzen, dass ihr eure Mühe dabei auf die eine oder die andre Art verlieren würdet.

Entweder werdet ihr euch die Hochachtung der Welt erwerben; und dann müsste mich alles betrügen, oder ihr werdet diese Ehre euerm Gelde oder euerm Stande oder euerm Amte oder eurer Frau oder eurer Schwester, oder eurer guten Miene, oder eurer Kunst zu singen, zu tanzen, die Flöte zu spielen, durch einen Reif zu springen, Hirsekörner durch einen Fingerring zu werfen, kurz, eher allem andern in der Welt als eurer *Weisheit* zu danken haben: - oder gelangt ihr, durch des Himmels Gunst, wirklich zu Weisheit; so wird sichs die Welt nicht ausreden lassen, euch für eine Art von *Narren* zu halten; welchen Falls ihr wohl tun werdet, es (wofern ihr könnet) wie Diogenes zu machen - nämlich, gerade weil Diogenes weise ist, so ist Diogenes kein Narr und bekümmert sich darum.

Denn, meine *guten Freunde*, wenn er *euern Beifall* suchte, er, der euch keine Gnade auszuteilen, keine Gastmähler zu geben, keine persischen Weine und keine schöne Frau vorzusetzen hat, - so müsste er eure Handmühlen drehen, oder in euern Bergwerken graben, oder eure Nymphen ins Gehege treiben, oder eure Verdauung durch seine Schwänke befördern; und, mit eurer Erlaubnis, von allem diesem und was dem ähnlich ist, findet er für gut sich selbst zu dispensieren, weil er das Mittel ausgefunden hat, eures Beifalls *entbehren* zu können.

Mit den *guten Freundinnen* hat es schon eine andere Beschaffenheit. Auch ohne eben schön oder reich oder von Stande oder in Purpur und Byssus gekleidet zu sein, oder nach Lavendel zu riechen, oder einen frisierten Kopf, oder überhaupt einen Kopf (insofern Witz darein gehört) oder irgendein Talent zu haben, das ein Frauenzimmer auch haben kann, gibt es – Dank sei eurer Gutherzigkeit, ihr angenehmen Geschöpfe! – ein unfehlbares Mittel euern Beifall zu verdienen, und – kurz, wir verstehen einander, denke ich: Und wenn jemals meine Feinde ihre Bosheit so weit treiben sollten, mir durch gewisse Verleumdungen eure gute Meinung entziehen zu wollen; so hoffe ich, es werden immer noch einige unter euch edelmütig genug sein, mich in ihren Schutz zu nehmen, und ihren Schwestern in die Ohren zu lispeln, dass Diogenes – nicht ohne alle Verdienste sei.

3.

Übrigens, und was die *Weisheit* betrifft, meine Herren von *Korinth, Athen, Sparta, Theben, Megara, Sicyon, u.s.w.* – und ihr, welche ich Ehren halben zuerst hätte nennen sollen, meine werten Mitbürger von *Sinope*, – so erlaubet mir euch zu sagen, dass ich die Ehre, von Einem Stamme mit euch allen zu sein, viel zu stark empfinde, um an *mehr* Weisheit Anspruch zu machen, als so viel ich zu meinem eignen notdürftigen Gebrauche nicht entbehren kann. Sollte davon auch etwas zu euern Diensten sein können, so gestehe ich offenherzig, dass ich es lediglich den Beobachtungen zu danken habe, zu denen ihr mir Gelegenheit gabt, wenn ich euch *handeln* sah. Ich bemerkte gemeiniglich in der Folge, was ich euch, ohne ein *Ödip* zu sein, hätte vorher sagen können: »Dass es euch hinten nach *gereuete* so gehandelt zu haben;« – und daraus schloss ich schlechtweg: »Ihr würdet besser getan haben, es anders zu machen.«

Ich habe mir daraus einige Anmerkungen gesammelt, wovon ich euch gelegenheitlich so viel zukommen lassen werde, als ich glaube dass ihr auf einmal tragen könnet.

Inzwischen aber, und um auf die Veranlassung zu dieser ganzen Betrachtung zurückzugehen, kann ich nicht umhin, *den Einfältigen zu Besten* zu erinnern: dass – seitdem es meinem Freunde *Platon* gefallen hat, mir die Ehre zu erweisen, mich den *rasenden Sokrates* zu nennen – einige Halbköpfe in den Vorstädten von Korinth, und vielleicht auch in der Stadt selbst, sich eine ordentliche Angelegenheit daraus zu machen scheinen, eine Menge Narrheiten von ihrem eigenen Gewächs auf meine

Rechnung zu setzen, und denjenigen, wozu ich mich wirklich bekenne, eine Gestalt zu geben, worin ich sie nicht für *mein* erkennen kann.

Es sollte mir leidtun, wenn das, was ich davon sagen werde, ihnen unangenehm sein könnte. Denn ich merke wohl, dass sie bei dieser kleinen Kurzweil eine große Absicht haben. Sie können in ernsthafter Beurteilung der Narrheiten, die sie mir andichten, ihre Vernunft oder in Verspottung derselben, ihren Witz desto bequemer sehen lassen. Sie genießen dabei des Vorteils, den derjenige hat, der sich den Gegner, den er überwinden will, *selbst macht*: Er kann ihn gerade so schwach und ungeschickt machen, als er ihn nötig hat, um den Sieg davon zu tragen. Da es nun unfreundlich wäre, sie in dieser kleinen Ergötzlichkeit beunruhigen zu wollen; so soll alles, was ich bis zu Num. 4 sagen werde, ohne einigen Nachteil ihrer diesfälligen Zuständigkeiten, und bloß zum Besten derjenigen gesagt sein, welche mich gern kennen möchten, und die Gelegenheit nicht haben deswegen nach Korinth zu reisen.

Ich gestehe also, dass ich vor vielen Jahren ausdrücklich darauf studiert habe, »wie ich mich so unabhängig machen könnte als möglich wäre.«

Ich fand, »dass dies unter gewissen Bedingungen ganz wohl angehe,« und, »dass diese Bedingungen in meiner Gewalt lägen.«

Ich bedachte mich also nicht lange. Meine *Theorie* war nicht so bald gefunden, als und tat, was die wenigsten von euern Sittenlehrern tun. Ich fing an sie in *Ausübung* zu bringen, und kam darin, ohne Ruhm zu melden, binnen zwanzig Jahren so weit, dass ich, wie ihr sehet, sehr bequem in einer Tonne wohne, von Bohnen und Wurzeln Mehlzeit halte, und meinen Nektar dazu, in Ermanglung eines Bechers, mit der hohlen Hand aus dem nächsten Brunnen schöpfe.

Dafür aber genieße ich auch die *Vorteile* der Unabhängigkeit. Ich habe nicht nötig *euch* zu betrügen, und bin sicher, dass *ihr* mich eben so wenig betrügen werdet. Ich *erwarte* nichts von euch, ich *fordre* nichts von euch, ich *besorge* nichts von euch. – Denn was für ein armer Teufel müsste der sein, der mir meinen Stecken und meine Tasche voll Bohnen und Brotkrumen stehlen wollte! Sollte sich, wider Vermuten, jemand hervortun, der arm genug wäre in eine solche Versuchung zu fallen, so bin ich bereit, ihm beides gutwillig abzutreten. Ich werde im nächsten Walde wieder einen Stecken finden, und mir aus einem Zipfel meines Mantels eine andre Tasche machen, so ist der Abgang ersetzt. – Kurz, ich sehe nicht, warum wir nicht die besten Freunde sein sollten. Wonach ihr immer streben möget, findet ihr den Diogenes *nie* in euerm Wege. Bewerbt euch, wenn ihr wollt, – raten werde ich euch nie dazu – um eine Archontenstelle, um eine Priesterstelle, um eine Feldherrnstelle, um eine Stelle in dem Bette einer schönen Frau, oder einer reichen Matrone, oder einer Dame, die euch für eine Handvoll Drachmen tut, was Platons *Penia* dem schlafenden *Plutus*, – bewerbt euch um die Gunst eines Satrapen oder eines Königs oder einer Königin, oder um eine Krone selbst, oder gar um einen Platz unter den Göttern – (ihr wisst, dass auch der zu kaufen ist) – kurz, bewerbt euch, warum ihr wollt, Diogenes wird niemals euer Nebenbuhler sein. Diogenes ist der unschädlichste, unbedeutendste Mensch von der Welt, – ausgenommen, dass er euch bei Gelegenheit die *Wahrheit sagt;* und wenn er auch gleich dadurch nichts zu euerm *Vergnügen* beiträgt, so dächte ich doch, er verdiente immer, dass ihr ihm Luft und Sonnenschein unentgeltlich angedeihen ließet, und erlaubtet, sich unter einen Baum hinzulegen, den vielleicht sein Großvater gepflanzt hat.

4.

Sagte ich euch nicht vorhin, dass *Diogenes*, des *Iketas* Sohn von *Sinope*, – dessen Narrheiten ich übrigens nicht besser zu machen begehre, als sie sind – nicht ganz so närrisch sei, als die Herren und Damen im *Kraneon* aus einigen Zügen seiner Denkungsart zu folgern belieben?

»Der Mensch affektiert ein *Sonderling* zu sein,« sprechen sie: – und Sie, meine Herren und Frauen, affektieren ehrlich und tugendhaft zu sein.

»Er hat seinen hölzernen Becher weggeworfen, da er einen Bettler sah, der aus der hohlen Hand trank.« – Dieser Zug ist, mir Ihrer Erlaubnis, ein wenig verzeichnet. Der Becher musste weggeworfen werden, weil er ein Leck bekommen hatte; und da man nicht gleich einen andern fand, so sah man zu gutem Glück einen ehrliche Sohn der Erde, von dem man ohne Becher zu trinken lernte. Ein weiser Mann findet immer Gelegenheit etwas zu lernen; und ich versichre Ihnen, Madam, dass ich von Ihrem *Schoßhündchen* die ganze Philosophie des *Aristipp* gelernt habe.

Aber, gesetzt ich hätte den Becher weggeworfen, weil ich ihn *entbehren* konnte? – *Kleon*, der jetzt aus einem goldnen Becher trinkt, weil er den unschuldigen Nikias verurteilen half, würde noch ein ehrlicher Mann sein, wenn er aus der hohlen Hand trinken könnte wie ich.

»Diogenes ist ein *Misogyn*.« – Ha, ha, ha –

»Er nimmt sich heraus, allen Leuten zu sagen, was sie nicht gern hören.« – Ist es *meine* Schuld, wenn sie die *Wahrheit* nicht hören mögen?

»Er wohnt in einem Fasse.« – Es ist, wie Sie sehen, eine *Tonne*, und für einen Mann ohne Familie, der nichts zu tun hat, geräumig genug. Gesetzt nun, dass ich eine *Probe* hätte machen wollen, dass im Notfall auch die engste Wohnung für einen ehrlichen Mann groß genug ist? – Ich weiß es, *guter Xeniades*, dass, wenn mich jemals Alter oder Krankheit einer bequemeren Wohnung *bedürftig* machen sollte, Diogenes unter deinem freundschaftlichen gastfreien Dache sein Kämmerlein bereitet finden wird. Jetzt, da ich es noch *nicht* bedarf, sei, in diesen heitern Sommertagen, der grüne Wasen mein Faulbettchen, mit weichem Gras und Blumen gepolstert, und eine Zypresse breite gesunde Schatten um mich her! Da sauge ich den erfrischenden Atem der Natur ein; der umwölbende Himmel ist meine Decke; und indem ich so liege, und mein Blick seine endlosen Tiefen durchschweift, ist mein Gemüt offen, still und unbewölkt wie er.

»Aber, was für eine Grille, sagen sie, die Wände eurer Tonne zu einer Schreibtafel zu machen?« – Gut! Es *soll* eine Grille sein: Haben *Sie* etwa keine Grillen? Oder sind *meine* Grillen nicht ebenso gut weil die die *Meinigen*, als *Ihre* Grillen, weil sie die Ihrigen sind?

Indessen sehen Sie hier diese *Schreibtafel*? Es ist eine hübsche Schreibtafel von Elfenbein, in vergoldetes Leder gebunden, deren ich mich, aus Mangel einer schlechtern, künftig vielleicht bedienen werde. So eigensinnig bin ich nicht, die Bequemlichkeit zu fliehen, wenn sie mich *sucht*, und ich ihr nichts bessers aufopfern muss. Der gute *Xeniades*, dem sie zugehört, glaubt, dass sie desto besser sein werde, wenn ich sie ihm beschrieben zurückgebe. – Du sollst deinen Willen haben, guter Xeniades.

5.

Sie lag, ein wenig zurück gebogen, auf einem kleinen Throne von Polstern, und spielte, wie ich sagte, mit ihrem Schoßhündchen.

Gegen über saß ein junger Mensch, von dem die Natur viel versprach, – und der beim *Xenokrates* gehört hatte, man müsse *die Augen zuschließen*, wenn man sich nicht stark genug fühlte, einer schönen Versuchung mit offenen Augen Trotz zu bieten.

Der junge Mensch hatte den Mut nicht, die Seinigen *ganz* zu schließen; aber er sah auf den *Boden*, – und da fiel ihm (zum Unglück) ein kleiner Fuß in die Augen, wie man sich den Fuß einer aus dem Bade steigenden Grazie einbilden kann, jedoch nur wenig über die Knöchel aufgedeckt.

Es war *Nichts* für – euch oder mich; aber es war *sehr viel* für den jungen Menschen. Schüchtern und verwirrt zog er die Augen zurück, sah die

Dame an, dann ihren Schoßhund, dann wieder den Fußteppich; aber der schöne kleine Fuß hatte sich inzwischen unsichtbar gemacht.

Er bedauerte es. Er sprach, mit stotternder Stimme, von allem andern - als was er fühlte.

Die Dame streichelte ihren Schoßhund. Das Hündchen liebkoste ihr hinwieder, zerrte mit seiner kleinen Pfote an ihrem Halstuche, sah sie dann mit schalkhaftem - Lächeln, hätte ich gesagt, wenn Hunde lächeln könnten - an, zerrte wieder an ihrem Tuche, und entfesselte unter diesem Spiele - (die Dame betrachtete eben eine *Leda* von *Parrhasius*, die etwas rechter Hand gegenüber hing) - die Hälfte eines sehr weißen und sehr reizend gegründeten Busens.

Der junge Mensch blinzelte, errötete bis an die Ohrenläppchen, und schnappte nach Luft.

Das Hündchen stand mit den Hinterpfoten auf ihrem Schoße, schmiegte sein rechtes Vorderpfötchen an dem schönen Busen an, und sah mit halb offenem Munde - dem Ausdruck des Verlangens - zu ihren Augen auf. Sie küsste das Hündchen, nannt' es ihren kleinen Schmeichler, und steckte ihm den Mund voll Honigplätzchen.

Der junge Mensch hatte keine Kraft mehr auf den Boden zu sehen, und - Ich schlich mich fort.

Unterwegs sah ich *Aristippen*, mit Rosen bekränzt und ganz Arabien um sich her duftend, von einem Gastmahl des reichen Klinias wohl bezecht zurückkehren. Er schwamm in einem weiten seidnen Gewande, schimmerte um und um von der Beute, die er vor einiger Zeit von *Dionysen zu Syrakus* gemacht hatte: ein kleiner Hof von muntern Jünglingen schwärmte um ihr her, und, wie Bacchus unter Faunen uns Satyrn, ging er in ihrer Mitte und lehrte sie - seine Weisheit.

Beim Anubis, dem Schutzgott aller Schoßhündchen! Ich will meinen Stecken und meine Tasche verloren haben, wenn *Aristipp* seine Weisheit nicht von *Danaens Schoßhund* gelernt hat!

Schmeichelt der Eitelkeit der Reichen und Großen, liebkoset ihren Leidenschaften, oder befördert ihre geheimen Wünsche, ohne zu tun als ob ihr sie merket; - so werden sie euch den Mund mit Honigplätzchen füllen: Das ist das ganze Geheimnis.

»Nichts mehr als das?« - Kein Jota!

6.

Glaubet mir, *Klinias, Chärea, Demarchus, Sardanapalus, Midas, Krösus*, und wie ihr alle heißet, - es ist nicht aus *Neid* - oder aus *Verzweiflung*, dass ich euch niemals werde gleichen können, oder aus *Stolz*, der sich durch Verachtung dessen, was er nicht haben kann, leichter zu machen sucht; - ich habe mich genau darüber geprüft - es geschieht aus einer *innern Überzeugung*, welche sich nichts von mir einreden lässt, dass ich meinen Freunden unmöglich raten kann, sich um eine Glückseligkeit, wie die Eurige, zu bewerben.

Eure Paläste sind geräumig, schön gebaut, mit den auserlesensten Werken der Kunst geschmückt, mit den wollüstigen Gerätschaften der Üppigkeit angefüllt; - eure Gärten gleichen den Gärten des Alcinous und der Hesperiden; - eure Säle dem Saal, wo Homers unsterbliche Götter sich in Nektar selig trinken; - eure Knaben sind schön wie Ganymed, eure Sklavinnen wie die Gespielinnen der Liebesgöttin; - euer Leben ist ein immerwährendes Gastmahl, mit Musik, Tänzen und Spielen abgesetzt; - euch ist keine Schöne spröde, keine Danae unzugangbar; Riegel, Mauern, hütende Drachen, nichts hält euch auf; euer Gold überwindet alles.

Ein Sophist würde vielleicht viel gegen alle diese Vorteile einzuwenden haben - aber von *mir* habt ihr keine Schikane zu besorgen. Ich bin kein Verächter des Schönen, kein Feind des Vergnügens, wie mich die Sträußermädchen im Kraneon beschuldigen. Ich hasse schwache Gründe. »Die Wollust *entnervt*,« sagt *Xenokrates*: - die Tugend auch, sag' ich; denn sonst würde *Fryne* nicht so missvergnügt von dir aufgestanden sein. - War *Alcibiades* nicht *tapfer*? Konnt' er nicht, wenn es sein musste, ebenso gut auf hartem Boden unter freiem Himmel schlafen, als im Schoße der schönen *Nemea*? Ließ er sich nicht die *schwarze Suppe* der Spartaner ebenso gut schmecken als die niedlichen Gerichte des üppigen *Tissaphernes*? - Keine Einwürfe, ich bitte euch, die nur von *Einer* Seite wahr sind, und die man mit tausend Beispielen widerlegen kann! - Gestehen wir die reine Wahrheit! Guter Wein aus Zypern schmeckt, insofern ihr nicht *durstig* seid, besser als Brunnenwasser, die strengen Sittenlehrer mögen einwenden was sie wollen; und eure Tänzerinnen aus Ionien oder eure Mädchen von Skio sind, mit allem dem, ganz artige Geschöpfe. Eure Galerie mit den Gemälden der Zeuxis und Polygnotus, der Parrhasius und Apellen behangen, bezaubert ungelehrte Augen, und befriedigt den verweilenden Kenner. - Solltet ihr denn nicht glücklich sein? Sollten wir nicht alle nach euerm Zustande streben? Der Genuss alles Schönen und Angenehmen sollte nicht glücklich machen?

Ich habe nur einen einzigen Zweifel, - es ist, deucht mich, *mehr* als ein Zweifel - aber ich besorge euch verdrießlich zu machen, wenn ich ihn sage. Er würde zu *Erörterungen* führen, und mein Zweck ist verfehlt, sobald ich euch lange Weile mache. - Ihr habt zu tun, wie ich sehe? - Einen Besuch bei der schönen *Philänion* abzulegen, oder bei der jungen Gemahlin des *Strepsiades*? - Ich will euch nicht aufhalten; ich lege mich indessen in den Schatten hin, und träume was, bis ihr wiederkommt.

7.

Diesen Augenblick ertappe ich mich bei einer hässlichen Unart. - O Sohn des Iketas, wie weit bist du noch entfernt so *weise* zu *sein*, als du *närrisch aussiehst*. - Ungeduldig darüber zu werden, dass du von einem Menschen, der dir Ehre anzutun glaubt, und nicht zu wissen schuldig ist, dass du eben träumen willst, in deinen Träumereien gestört wirst! - Phy! Das hättest du von einer langbeinigen Spinne, von einer Wespe oder Hornisse leiden müssen. - Ich will euch den ganzen Handel erzählen.

»Du bist müßig, Diogenes?« sagte er.

Nach meiner Gewohnheit, antwortet' ich.

»So setze ich mich zu dir.«

Wenn du nichts bessers zu tun hast.

»Auf der Welt nichts, außer dass ich auf dem Markte sein sollte. Die Sache des armen *Lamon* wird entschieden. Sein Vater war ein guter Freund unsers Hauses. Ich denke, er wird Mühe haben, seinen Feinden diesmal zu entwischen. Ich bedaure ihn. Ich hatte mir gestern vorgenommen, für ihn zu sprechen; - aber ich bin heute gar nicht aufgelegt. - -«

Nicht aufgelegt? Und *Lamons* Vater war ein Freund deines Hauses? - und der arme *Lamon* ist in Gefahr?

»Wie ich dir sagte, mein Kopf ist heute zu nichts gut. Wir schmauseten gestern beim *Klinias*. Es währte die ganze Nacht hindurch. Wir hatten Wein der Götter, Tänzerinnen, Mimen, Philosophen, die sich erst zankten, hernach besoffen, hernach den Tänzerinnen - genug, wir hatten alles was zu einer vollständigen Kurzweil gehört. -«

Das ist alles ganz hübsch, wenn du willst - *aber der arme Lamon!*

»Wer kann sich helfen? Er dauert mich, wie ich sage. Er ist ein ehrlicher Mann, - und hat eine tugendhafte Frau, - eine sehr tugendhafte Frau!«

Und eine *schöne* Frau vermutlich?

»Sie kam gestern, mir ihres Mannes Sache zu empfehlen. Sie hatte zwei Kinder zwischen drei und fünf Jahren bei sich - liebliche kleine Geschöpfe. Sie war nicht sehr geputzt, aber ihre Gestalt und Miene überraschte mich. Sie warf sich mir zu Füßen; sie sprach mit Hitze für ihren Mann: - Es ist unmöglich, dass er schuldig sein kann; er ist der ehrlichste Mann, der zärtlichste Vater, der beste Freund; - gewiss, er kann nichts unedles aus Vorsatz getan haben; helfen Sie ihm, Sie können es. - Ich machte ihr Einwendungen: Sie widerlegte mich. Ich stellte ihr die Schwierigkeit vor, da er so viele Feinde hätte. - Er habe sie bloß, weil er mehr Verdienste als Vermögen habe, sagte sie. - Ich zuckte die Achseln. - Sie weinte, und die beiden artigen kleinen Geschöpfe fingen auch an, da sie ihre Mutter so heftig reden und weinen sahen, schlangen ihre kleinen Arme um ihre Knie, und fragten sie ängstlich: Wird uns dieser Mann unsern Vater nicht wieder geben? - Ich versichre dich, die Scene war rührend; ich hätte fünfzig Minen[4] um einen guten Maler gegeben, der mir auf der Stelle ein Gemälde daraus gemacht hätte -«

Wirklich? - Konntest du in jenem Augenblick einen solchen Gedanken haben?

»Ich versichere dich, Diogenes, es wäre des Geldes wert gewesen. In meinem Leben sah ich die Schönheit in keiner rührendern Gestalt. Ihr Busen schlug unter ihrem Halstuche so stark empor, dass ich ihn zu fühlen glaubte. Alles war Seele und Grazie an der reizenden Sirene. Ich sagte ihr: Madam, ich will das Möglichste versuchen; was würde man nicht für eine Frau unternehmen, wie Sie sind? - Ich muss jetzt zu Klinias; er gibt diesen Abend ein Fest: Aber ich will mich vor Mitternacht los reißen. Kommen Sie um diese Zeit wieder; mein Kammerdiener soll Sie in mein Kabinett führen, und wir wollen dann auf ein Mittel denken, wie Ihrem Manne geholfen werden kann. Das meiste wird von Ihnen selbst abhängen. - Kannst du dir einbilden, Diogenes, was die Närrin tat? - Sie raffte sich mit einem Zorne, der sie noch zehnmal schöner machte, - ich hätte sie gleich dafür umarmen mögen - vom Boden auf, eh' ich noch ausgeredet hatte, und ein verächtlicher Blick war ihre ganze Antwort. Ich winkte meinem Kammerdiener und verließ sie. Ich kenne den Kerl; ich bin gewiss, dass er ihr alles sagte, was man sagen kann; aber sie wollte ihn nicht anhören. Kommt, meine Kinder, sagte sie ohne ihn nur eines Blickes zu würdigen, indem sie die kleinen Geschöpfe an ihren Busen drückte: Der Himmel wird für uns sorgen, - und wenn auch er uns ver-

[4] Sechzig Minen machten ein Attisches Talent, dessen Betrag man, in runder Summe, für zwölfhundert Reichstaler unsers Geldes annehmen kann.

lässt, so können wir sterben. – Du siehst, dass ich Ursache habe, sie eine *sehr tugendhafte* Frau zu nennen.«

Wie ich sehe, nur gar zu tugendhaft für die Erhaltung des armen *Lamon*! – O Chärea, Chärea – ists möglich? –

»Du bist in der Laune zu moralisieren, Diogenes! – Lebe wohl! Ich bin nicht aufgeräumt, wie ich dir sagte. Ich muss mich zerstreuen. – Willst du mit mir zu *Thryallis* gehen? – Mein Mahler nimmt das Modell zu einer Venus Kallipyga von ihr. Es wird ein treffliches Stück werden!«

Ich danke für diesmal. – Der arme Lamon und seine schöne tugendhafte Frau mit den zwei lieblichen Kindern hat sich meiner so sehr bemächtigt, dass ich zu nichts anderm gut bin. Dein Maler würde mit keinem Strich recht machen können, und könnte doch nichts dazu. – Gehe, Chärea, geh und überlass mich meinen einsamen Gedanken!

Nein, ich will nicht *denken;* unsinnig müsst' ich werden, wenn ich in diesem Augenblick den Gedanken Gehör gäbe, die sich eindrängen wollen.

Ihr wisst doch, dass dieser Chärea einer von den berühmten *Glücklichen* zu Korinth ist?

8.

Wie schön diese Grasmücke zwitscherte! – Ich habe mich dort aus dem Quell erfrischt, – und nun will ich mich zu der kleinen wilden Sängerin in dieses Gebüsche legen, und mich jedem Vergnügen überlassen, womit die Natur wohltätig die dornigen Pfade des Lebens bestreut.

Der arme Lamon! – Soll ich gehen und versuchen? – Das will ich!

Aber was wird ihm mein guter Wille helfen? Ich habe kein Ansehen, keine Anhänger, niemand, dem an meiner Freundschaft gelegen ist. – Ich bin hier fremd. – Lamons Sache betrifft sein Amt, das gemeine Wesen; – ich würde nicht einmahl die Erlaubnis zu reden bekommen. – So könnt ich wenigstens als Fürsprecher für ihn reden? – Aber wir sind nicht bekannt miteinander. – Was hindert das? Ich will gehen! Eine so schöne Frau soll nicht umsonst die Füße eines Chärea mit ihren Tränen benetzt haben!

9.

Ich wusste noch nichts Eigentliches von *Lamons* Handel, da ich ging und meine Grasmücke allein ließ. Unterwegs stieß ich auf einen seiner

Richter, der mir sagte, warum es zu tun war. Nichts als ein Pack Schelmen, von einem andern Schelme gedungen, der auf Lamons Amt ein Auge hat. Er sollte mit öffentlichem Gelde, das er zu verwalten hatte, ungetreu umgegangen sein. Sie konnten ihm keine wirkliche Untreue beweisen. Aber er hatte einem Freunde Geld ausgezahlt, der ihm eine Vollmacht von den Archonten vorzeigte, und dieses Geld zu den Geschäften der Republik nötig zu haben vorgab. Lamon traute seinem Freunde und wurde betrogen.

Das war sein ganzes Verbrechen. - Aber ihr hättet das Ungeheuer sehen sollen, das seine Ankläger daraus machten!

Lamon antwortete ihnen mit der Erschrockenheit eines ehrlichen Mannes, der sein Schicksal in den Händen seiner Feinde sieht, und weiß, dass sein Urteil schon beschlossen ist, eh' er noch zu reden anfängt. Er sprach wenig und übel. Lass *mich* für dich reden, Lamon, sagte ich, und fing an.

Sie wollten Lärm machen, aber da half mir meine Brust; ich überschrie sie und fuhr fort. Ich sprach mit aller der Wärme, die mir die Idee der schönen Frau und der zwei lieblichen Kinder mitgeteilt hatte; ich schonte seine Feinde nicht, - und die Richter bestach ich mit Anpreisung ihrer Frömmigkeit, ihrer Menschlichkeit, ihres Edelmuts, ihrer Unparteilichkeit, ihres Hasses gegen die Unterdrückung. *Ein Drittel von ihnen hatte noch Wangen, welche erröten konnten.* - Das feuerte mich an - ich verdoppelte meine Lobsprüche und meine Zuversicht zu ihrer Billigkeit, zu ihrer Tugend; - *ich brachte noch ein Drittel zum Erröten.* - Nun hatt' ich gewonnen! Ich vollendete meinen Sieg mit dem Gemälde der schönen Frau und den zwei kleinen Jungen, die ich zu ihren Füßen hinwarf und für ihren ehrlichen Vater bitten ließ. - *Lamon wurde losgesprochen.* Ich schlich mich im Tumulte davon, und da bin ich wieder!

Wie schön der Abend ist! Wie heiter, wie lachend die ganze Natur! Ich bin mit mir selbst zufrieden, ich habe dem Rufe der Menschlichkeit gefolgt. Ich habe die Freude wieder in die schönen Augen der tugendhaften Frau und in die kleinen Herzen ihrer armen Kinder gebracht. Wie süß werden ihre Umarmungen sein! - Ich genieße sie, ohne sie zu sehen. -

Und wer ist nun an diesem Abend glücklich? Chärea, Klinias, Midas, Sardanapalus, Krösus, - *oder ich?*

10.

Gönnet mir, dass ich mich der Empfindung überlasse, die mich glücklich macht - und überleset inzwischen die drei vorher gehenden Nummern noch einmal - wenn ihr wollt, - und so langsam oder flüchtig, als ihr wollt.

11.

Wirklich ein recht poetischer Ort! - Dieser hohe Rosenstrauch voll frisch aufgeblühter Rosen, wie schön er sich über mich herab wölbt! Wie lieblich diese Quelle neben mir über die kleinen Kiesel hinrieselt! Wie eben und weich dieser Rasenplatz ist! Wie frisch sein Grün, wie dicht sein kurzes Gras! Ich würde mir Vorwürfe machen, wenn ich mir eine so wollüstige Gegend mit Fleiß ausgesucht hätte.

Was für ein Zauber liegt in der einfältigen Natur! Selbst der unpoetische Diogenes wird von ihr begeistert. Ich sehe, ja, ich sehe die Grazien! Rosenbekränzt tanzen sie auf diesem weichen Grasplatz ihre schwesterlichen Tänze. Kleine versteckte Amorn winden indes hinterm Gebüsche ein lange Kette von Rosen; sie winken einander lächelnd zu; nun sind sie fertig. Auf einmahl rauschen sie aus ihrem Hinterhalt hervor, und umschlingen lachend die Tanzenden mit ihrer Rosenkette. - Welch ein liebliches Gemälde!

Wenn ihr es erst so lebhaft vor euch stehen sähet, als es jetzt, von meiner Fantasie ausgemalt, vor mir steht! Sie hat einen feinen warmen Pinsel, das versichr' ich euch, meine schönen Damen, - so unempfindlich für eure Reitzungen man mich ausruft, weil ich mir vielleicht mehr Mühe als ein andrer gegeben habe, euch entbehren zu können; ohne dass ich mir jedoch schmeichle, es gar weit darin gebracht zu haben. Eine Dryade, die hinter diesem Gebüsch hervor schliche, käme vortrefflich gelegen, die Probe darüber zu machen.

Aber, *meine Grazien* - ihr denkt, ich habe das Gemälde selbst erfunden, und das wundert euch. Ich will euch aus dem Wunder helfen; ich verachte es, mich für besser zu geben, als ich bin. - *Es ist eine bloße Kopie.*

Chärea hat das Original, von *Apelles*, den sie *den Maler der Grazien* nennen, und der den Mut hatte, sich diesen Namen selbst zu geben, weil er fühlt, dass ers ist.

Ich war zugegen, da es gekauft wurde. Es ist göttlich! Rief der entzückte *Chärea*: Ich *muss* es haben; ich lass' es keinem Könige. - Kennst du, Diogenes, das Myrtenwäldchen in meinem Garten, mit dem kleinen Saale, wo ich zuweilen Mittagsruhe halte? Dort will ich diese Grazien im Gesicht haben, wenn ich ruhe.

Chärea kaufte das Gemälde um vier Attische Talente.

Vier Attische Talente! Rief ich, um drei halb nackte Mädchen und drei oder vier kleine nackte Buben auf einem Stück Leinwand!

Aber siehe nur, wie schön sie sind! Rief *Chärea;* - wie idealisch! Wie ganz Grazie! Jede mit ihrem eigenen charakteristischen Reize, jede durch sich selbst schön, und dennoch durch eine Art von Widerschein von ihrer Nachbarin verschönert!

Es ist wahr, Chärea - aber ihr reichen Leute habt unrecht, diese Künstler so teuer mit ihren Werken zu machen. Zehn Minen wären immer genug für einen Maler. Er soll auch das Vergnügen, das er unter einer so schönen Arbeit genießt, für etwas rechnen! - *Vier Talente, Chärea!* Für eine Augenlust, die in wenig Wochen ihren Reiz für doch verloren haben wird! *Wie viel Glückliche hättest du mit dieser Summe machen können!*

12.

Nach einiger Zeit kam ich auf ein großes Gut, das dieser Chärea am Korinthischen Meere besitzt. Ich fand da einen seiner Pächter, einen wackern alten Mann mit weißen Haaren, der traurig vor seiner Tür saß, und sich die Augen auswischte, wie er mich gewahr wurde.

Ich bat ihn, dass ich mich zu ihm setzen dürfte, und fragte ihn nach der Ursache seiner Kummers.

»Ach, Fremdling, sprach er, ich habe meine Tochter verloren! - ein Kind von vierzehn Jahren, das beste angenehmste Mädchen, das jemals gewesen ist. Alle jungen Leute in der Gegend sagten, dass sie einer Oreade gliche, wenn sie an Festtagen mit andern Mädchen ihres Alters im Reihen tanzte. Ich hatte meine Lust daran, sie tanzen zu sehen. - So war ihre Mutter ehemals gewesen! - Es war ein gutes Mädchen; häuslich, arbeitsam von der besten Mutter erzogen - ach! Die ich jetzt glücklich preise, dass sie den grausamen Tag nicht erlebt hat. Seeräuber entführten mein Kind, da es am Ufer Muscheln suchte, um eine kleine Grotte in unserm Garten auszuschmücken, worin ich in der Mittagshitze zu ruhen pflegte. -«

Ich erkannte den Vater in der Wärme des Gemäldes. Aber seine Tochter hätte zehnmal weniger liebenswürdig sein können, als er sie beschrieb, ohne dass ich weniger Anteil an seinem Schmerze genommen hätte.

Armer Vater! Rief ich, und wischte die Augen: Aber war denn kein Mittel, eure Tochter wieder zu bekommen? Wars nicht möglich sie los zu kaufen?

»Ach! Antwortete er seufzend, ich versuchte alles. Sie forderten zwei Talente. Das Mädchen ist schön, sagten sie; ein Satrape des großen Königs würde uns noch mehr für sie bezahlen. – Es war mir unmöglich, nur die Hälfte dieser Summe aufzubringen. Das Verlangen, mein Kind wieder zu haben, machte mich unsinnig. In dieser Verwirrung lief ich zu meinem Herrn nach Korinth. – Er ist unermesslich reich, dacht' ich; deine Tränen, deine weißen Haare werden ihn erweichen. Wie oft gibt er zwei Talente aus, um sich eine vorüberrauschende Lust zu machen! Vielleicht bewegst du ihn, dass er eben so viel tut, sich das Vergnügen zu machen, einem alten Vater sein Kind, die einzige Freude seines Alters, wieder zu schenken! – - Ich warf mich zu seinen Füßen. Aber alles war umsonst. – Ich hätte besser auf meine Tochter achtgeben sollen, sagte er. – Es durchbohrte mir das Herz, da er es sagte; und wie kalt er dabei aussah! Ich darf nicht daran denken!«

Der alte Mann weinte, da ers sprach; und ich – wenig fehlte, dass ich wie *Ajax Oileus* zu rasen angefangen hätte. Ich fluchte in der Erbitterung meines Herzens, dem ersten der jemals gemalt hatte, und allen Malern, seinen Nachfolgern und allen Angehörigen ihrer Zunft, die Farbenreiber selbst nicht ausgenommen.

Wie ich wieder allein war, und mein Blut sich abgekühlt hatte, verwandelte sich mein Zorn gegen die Reichen in *Mitleiden*. Ich bejammerte sie, dass eben das, was sie glücklich machen sollte, sie für das göttliche Vergnügen Gutes zu tun unempfindlich macht. Die armen Leute! Sie haben so viel Bedürfnisse! Ihre Sinne, ihre Fantasie, ihre Leidenschaften, ihre Grillen, ihre Bequemlichkeit, ihre Eitelkeit, – haben so viel Forderungen zu machen, *dass ihnen für die Forderungen der Menschlichkeit nichts übrig bleibt.*

Wie gern wollt' ich euch eure Paläste, Gärten, Gemälde, Statuen, Gold, Silber und Elfenbein, eure Gastmähler, Konzerte, Schauspiele, Tänzerinnen, Affen und Papageien gönnen, wenn es nur von *mir* abhinge – nicht daran zu denken, dass zehntausend arme Geschöpfe eurer Art nicht haben, womit sie sich der Beleidigungen des Wetters und der unfreundlichen Jahreszeit erwehren können, – weil Ihr in marmornen Palästen wohnt; nicht haben, womit sie ihre Blöße decken, – weil eure Sklaven in prächtigem Gewande schimmern; nicht genug haben, um sich zu sättigen, - weil Ihr in einem Gastmahle den wöchentlichen Unterhalt von Tausenden verschlingt.

Ich hass' es diese Gedanken fortzusetzen; ich besorge, ich spiele mein Lied tauben Zuhörern. - Aber, was wollt' ich nicht tun, wenn ich hoffen könnte, von jedem Hundert eurer Gattung - einen Einzigen zur Menschlichkeit zu bekehren!

13.

Ich bitte doch, *Chärea,* dich und alle deine Brüder, sagt mir nichts davon, dass ihr durch den Gebrauch, den ihr von euern Reichtümern macht, den Fleiß, die Künste, die Handlung unterhaltet, und den Umlauf der Zeichen des Reichtums befördert, worin, wie ihr sagt, das Leben des Staats bestehe.

»Tausende und Zehntausende, sagt ihr, leben dadurch, dass wir bauen, Gärten anlegen, ein großes Haus unterhalten, eine unendliche Menge entbehrlichster Dinge nötig haben, u. s. w.«

Darüber ist kein Streit zwischen uns. Aber, wenn ihr euch ein *Verdienst* daraus machen wolltet, so könnten der Seidenwurm und die Purpurschnecke mit gleichem Rechte behaupten, die vortrefflichsten und wohltätigsten Geschöpfe in der Welt zu sein; denn wirklich leben etlichen Millionen Menschen von der Arbeit, die ihnen diese beiden Arten von Gewürme verschaffen.

Nichts ist billiger, als dass ihr eure Reichtümer, ihr möget sie nun geerbt, erworben, erschlichen, erkuppelt, geraubt, oder gefunden haben, zur Belohnung derjenigen anwendet, die für eure Trägheit, Eitelkeit und Üppigkeit arbeiten.

Aber, mein lieber Chärea, es gibt Leute, die nun gerade *nichts* beitragen können, deine Sinne oder deine Fantasie zu kitzeln, und die darum nicht minder Anspruch an deinen Überfluss haben. Der Unglücklichste, dem du mit einem kleinen Teil davon die Ruhe wieder geben kannst, die sein tränenbenetztes Lager flieht; - die unschuldige Schönheit, welche du von der Schmach, einem *Parrhasius* zum Modell seiner leichtfertigen *Täfelchen*[5] zu dienen, und von einem noch schimpflichern Missbrauch ihrer Reizungen, mit der Hälfte dessen, was dir ein solches Täfelchen kostet, befreien könntest; - der verlassene Waise, dem Dürftigkeit und Verachtung der Mut niederschlägt, und aus welchem deine Hülfe dem Staat einen guten Bürger, vielleicht einen großen Mann, einen *Aristides,* einen

---

[5] Parrhasius – pinxit et minoribus tabellis libidines, eo genere petulantis oci se reficiens. Plin. Hist. Nat. L. 35.

Sokrates, erziehen könnte; – haben diese alle kein Recht an deinen Überfluss?

Ihr Söhne des Glücks könnt sonst sehr fertig rechnen. Rechnet doch einmahl, wie viel tausend Geschöpfe eurer Gattung darben müssen, damit einer von euch jährlich vierzig oder fünfzig Talente verzehren könne! Solltet ihr nicht Gutes tun, wenn es auch nur wäre, um den Hass von euch abzuwälzen, den der Anblick eurer Wolllüste und Verschwendungen dem größten Teil eurer Mitbürger einflößen muss, der mit der sauersten Arbeit seinen Kindern kaum so viel Brot erwerben kann, als ihr täglich euren Hunden zur Suppe reichen lasst? –

14.

Wie? Es sollte also nicht auch *schöne Seelen* geben, wie es *schöne Gesichter* gibt, die dere Kunst nichts schuldig, und gerade *darum* nur *desto schöner* sind?

Ich widerlegte einstmals einen Sophisten, der die Bewegung aus der Welt hinaus demonstrierte, indem ich vor den Augen des Narren auf und ab ging.

Soll ich euch auf die nämliche Art beweisen, dass es solche schöne Seelen gibt?

Ich werde euch vielleicht zu schiefen Urteilen Anlass geben: Doch denkt davon, was ihr wollt; unsre Meinungen voneinander können euch und mich nicht schlechter machen als wir sind. Überdies erkläre ich hiermit, dass ich meine Geschichte allein *der schönen Psyche* und ihres gleichen erzähle. Ich kann niemanden verbieten zuzuhören; aber das versichre ich, dass ich keine Silbe darum mehr noch weniger sagen werde, und wenn mir der ganze hohe Rat der Amphiktyonen zuhörte.

Ich hielt mich ehemals (wie ihr wisst – oder auch *nicht* wisst) zu *Athen* auf, um von *Plato reden*, und von *Antisthenes leben* zu lernen. Einstmals fügte sichs, dass ich abends, zwischen Dämmerung und Nacht, ganz allein unter den Säulengängen des Keramikus herumschlenderte. Es war schon dunkel in der Halle, außer dass der stark erleuchtete Saal eines nicht allzu nahen Gebäudes einige Stellen etwas heller machte.

Mithilfe dieser schwachen Helle sah ich einen Schatten auf mich zu schleichen, der sich im Annähern in eine weibliche Gestalt, und diese in die liebliche Figur eines Mädchens von sechzehn Jahren ausbildete. Sie war so leicht bekleidet, dass einem Teil ihrer Füße, und einem Busen wie man der *Hebe* zu geben pflegt, wenig zur Bedeckung blieb; und ihre langen blonden Haare flogen ungebunden um den Nacken.

Dieser Anblick setzte mich in einige Verwirrung; aber das war noch nichts. Das Mädchen breitete seine aufgestreiften Arme, deren Weiße aus der Dunkelheit hervor glänzte, mit jammervoller Gebärde gegen mich aus, und sank mit dem Gesicht auf meinen Arm hin. Meine Verwirrung stieg aufs Äußerste.

Jedoch fasst' ich mich ohne langes Besinnen. Ich schlang meinen rechten Arm um ihren Leib, drehte sie zugleich mit mir selbst um, und führte sie geraden Weges in eine kleine Hütte, die ich im Keramikus gemietet hatte. Folgsam ließ sie sich führen, ohne ein Wort zu sagen. Sie schien ohne Kräfte und von Kummer erdrückt.

Wir kamen in meiner Zelle an. Ich setzte sie auf eine Art von Ruhebett, das, im Vorbeigehen zu sagen, nichts weniger als geschickt war, wollüstige Ideen zu begünstigen. Ich machte Licht; und nun betrachtete ich meinen Fund mit aller Aufmerksamkeit, die er zu verdienen schien.

Das Mädchen flößte mir – ich weiß nicht was ein, das mich weichherziger machte, als ich gewöhnlich bin. Es war ein überaus angenehmes Gemisch von Mitleiden und Liebe. – Damit ich es *ungestört* genießen könne, gab ich ihr, unter dem Vorwande, dass es kühl sei, eine Art von Mantel, womit sie ihren Busen und ihre Füße bedecken konnte.

Sie schien mich mit einiger Verwunderung anzusehen. Sie versuchte etwas zu sagen; aber ein Strom von Tränen erstickte ihre Stimme. Ich nahm sie in meine Arme, küsste sie, bat sie mit der sanftesten Stimme, die mir möglich war, Zutrauen zu mir zu fassen. – Sie schien sich aus meinen Armen winden zu wollen, aber so schwach, dass ein andrer es für eine Aufmunterung genommen hätte. Ich dachte anders. Ich glaubte, in ihren halb erloschenen Augen die Merkmale einer schönen Seele zu sehen.

Ich konnte mich betrogen haben. – Denn die Umstände, – und der schöne Busen, und was Vater Homer ihre Rosenarme und Silberfüße genannt haben würde, – arbeiteten, die Wahrheit zu sagen, gewaltig in meiner Einbildung. Allein ich überließ mich mit vollem Vertrauen meiner Empfindung, und ihr werdet aus dem Erfolg sehen, ob ich mich betrogen habe.

Das erste, was das Mädchen nötig zu haben schien, war einige Erfrischung; denn sie hatte das Ansehen einer gänzlichen Erschöpfung. Ich eilte also – aber in der Tat, ich bitte euch um Verzeihung; ich vergesse, dass ich dieses Nachbild eines Originals, an dessen kleinste Züge ich mich mit Vergnügen erinnere, nicht für mich selbst mache.

Das Mädchen kam, nachdem sie etwas Speise und ein wenig Wein gekostet hatte, so gut wieder zu sich selbst, dass sie mir ihre Geschichte erzählen konnte. Mit niedergeschlagenen Augen hob sie an – aber die Grazie ihres Ausdrucks, in ihrer Stimme, in ihrem ganzen Wesen, kann ich zum Unglück nicht in mein Nachbild übertragen.

15.

»Die *schöne Lais* ist meine Mutter. Ich wurde bei ihr erzogen, und lebte in dieser frohen Unwissenheit meiner selbst, die das Vorrecht der Kindheit ist, bis ich denjenigen verlor, der die Gutherzigkeit hatte sich für meinen Vater zu halten. Er war aus Sizilien, und man sagte, dass er reich und von edler Geburt wäre. Ich war kaum sieben Jahre alt, da er starb. Nach und nach erkaltete die Zärtlichkeit meiner Mutter für mich; andere Liebhaber verdrängten das Bild dessen, der nicht mehr war; und endlich hörte ihr Herz gänzlich auf, ihr etwas für die *arme Laidion* zu sagen. Ich grämte mich sehr darüber; aber ich musste meine Tränen verbergen; die bloße Spur davon in meinen Augen zog mir Ungewitter zu. Im Übrigen hielt sie mich den andern Mädchen gleich die ihr aufwarteten, und wir hatten Lehrmeister im Singen, Tanzen und Lautespielen.«

Du spielst die Laute, kleine Grazie? (Rief ich) und singst? – Hier ist eine Laute; ich bitte dich –

Das Mädchen hatte die Gefälligkeit ihre Erzählung zu unterbrechen. Sie sang mir Anakreons süßestes Liedchen, – ratet selbst, welches? – und begleitete es auf der Laute mit Fingern, deren jeden eine eigene Seele zu beflügeln schien.

O Weisheit! O Antisthenes! Wo waret ihr damals? – Für mich eben so, als ob nichts, das euch gliche, jemals in der Welt gewesen wäre.

Ich suchte meine Seele auf den Lippen der schönen Sängerin.

Lass mich in meiner Erzählung fortfahren, sagte sie lächelnd, indem eine liebliche Röte ihr ganzes Gesicht überzog.

Ihr Erröten brachte mich plötzlich wieder zu mir selbst, und eine natürliche Folge davon war, dass ich wenigstens ebenso sehr errötete als das Mädchen.

Sie fuhr fort: »Ich war vierzehn Jahre alt, als ich von der schönen *Lais* einem jungen Athener übergeben wurde, der mich, wie er sagte, heftig liebte. Die schöne Lais sagte mir, da er mich wegführte, ich hätte ihn hinfür als meinen Gebieter anzusehen.

»Mein neuer Gebieter verbarg seine Gewalt über mich unter die zärtlichsten Liebkosungen. Meine Tage flossen unter immer abwechselnden Ergötzungen vorbei. Ich war mit meinem Zustande zufrieden, ohne an die Zukunft zu denken. *Glykon* hatte Ursache mit meiner Gefälligkeit vergnügt zu sein; aber wenn die Liebe das ist, was in *Saffo*'s Liedern glüht, so ist mein Herz unfähig, sich diese Leidenschaft mitteilen zu lassen. *Glykon* würde es getan haben, wenn es möglich wäre. Oft musst' ich ihm das *Lied an Faon* singen, worin die Wut der Leidenschaft so feurig ausgedrückt ist; und allemal wurde er unwillig, nichts von allem was ich sang in meinen Augen zu finden. Endlich ward ich gewahr, dass seine Liebe lauer zu werden anfing. Der zärtliche Ton, auf den sie gestimmt gewesen war, verwandelte sich in einen scherzhaften und muntern, - der mir, aufrichtig zu reden, nur desto besser gefiel. Aber auch dieses dauerte nicht lange -«

Kurz, (denn ich merke, dass ihr zu gähnen anfangt), die *schöne Bacchis* entführte meinem kleinen Mädchen ihren Liebhaber, und die Komödie war aus.

Das Mädchen, wie ich euch sagte, erzählte sehr artig, - weil die kunstlose Offenheit der Jugend, ihre Blicke, ihr Ton, und ein gewisses - wie nennt ihrs? Das ich sehr stark empfand aber nicht beschreiben kann, ihre Geschichte interessanter machte als sie an sich selbst war. - Denn in der Tat, meine Herren, ihr habt recht; es war (Dank sei *euern Bemühungen*!) ein sehr *alltägliches* Märchen. - Überdies öffnete sich zuweilen in der Hitze der Erzählung der Mantel ein wenig, den ich ihr umgeworfen hatte, und ihr begreift, dass eine solche Kleinigkeit in gewissen Umständen *keine Kleinigkeit* ist.

Ich hätte ihr die ganze Nacht durch zugehört; aber *euch* kann es unmöglich so sein. Ich lasse mir und euch Gerechtigkeit widerfahren, und ich wünsche, im Vorbeigehen, dass alle Erzähler - Dichter oder Geschichtsschreiber - die Gütigkeit haben möchten, sich daraus eine kleine Lehre zu nehmen.

16.

Das Mädchen fuhr fort, mir begreiflich zu machen, wie es zugegangen, dass sie mir in dieser nämlichen Nacht in einer Halle des Keramikus in einem so verdächtigen Aufzug in die Arme gelaufen sei.

Ich denke, ich könnte diese Lücke eurer eignen Einbildungskraft auszufüllen überlassen. Wenn ihr euch vorstellt, dass *Glykon* sie endlich, seiner neuen Buhlschaft zu Gefallen, an einen seiner *Freunde*, - dieser, weil sie ihm nicht wohl begegnete, an einen *Bildhauer*, - und der Bildhauer, nachdem er etliche Modelle von ihr genommen, an einen *Mädchenhändler* verkauft habe, dem sie, da er sie wieder an einen *alten Seefahrer* von Ephesus gegen Levantische Waren austauschen wollte, gestern nachts entlaufen sei, und sich den folgenden Tag über unter den Ruinen eines alten eingefallenen Gebäudes verborgen gehalten habe, - oder so was dergleichen, - so hättet ihr nahezu an die Wahrheit geraten.

Dem sei wie ihm wolle, die *junge Lais* befand sich nun unter meinem Schutze, und ich glaubte verbunden zu sein, mich ihrer so gut ich immer könnte anzunehmen. Ich war damals nicht viel reicher als ich dermalen bin. Mitleiden und guter Rat war das Beste, womit ich ihr dienen konnte.

Vielleicht kann das, was ich ihr sagte, (wenn anders eine Abschrift dieser Schreibtafel auf die Nachwelt kommen sollte) in vielen Jahrhunderten einem jungen Geschöpfe nützlich sein; es sei nun, dass sie sich in einer ähnlichen oder in der allgemeinen Schwierigkeit der Personen ihres Geschlechts und Alters, - in der Ungewissheit was sie mit ihrem Herzen anfangen solle, - befinde. In dieser Voraussetzung widme ich hiermit den nächst folgenden Abschnitt dem schönern und zärtlichern Teil der Nachwelt *zu behutsamem Gebrauch*, mit der Bitte, die *Philosophie*, die ich sie darin lehre, für sich allein zu behalten, und weder ihren Müttern, noch viel weniger ihren *Liebhabern* das geringste davon merken zu lassen.

17.

Das Vergangene, sagte ich zu dem Mädchen, war eine Folge des Unglücks, die schöne Lais zur Mutter gehabt zu haben. Bemühe dich, es in jeder andern Absicht zu vergessen, als ich so fern deine Erfahrung dir fürs *Künftige* nützlich sein kann. Dies allein muss nun dein Augenmerk sein; es wird meistens von dir selbst abhangen. Ein so schönes Geschöpf - ich konnte mich nicht verhindern sie auf die Stirn zu küssen, indem ich es sagte - ist ganz gewiss zu etwas besserm gemacht, als einem *Glykon* zum Spielzeuge oder einem *Kalamis* zum Modell zu dienen. Die Natur hat viel für dich getan, meine Liebe, das Glück nichts; aber, launisch, wie es ist, wird es durch unverhoffte Zufälle seine bisherige Nachlässigkeit verbessern.

Es hat den Anfang damit gemacht, dass es mich in deine Hände fallen ließ, sagte das Mädchen.

Verdiente das nicht wieder einen Kuss?

Deine Zukunft, fuhr ich fort, wird von dem Gebrauch abhangen, den du von dem einen und dem andern machen wirst. Weil es Namen von schlimmer Vorbedeutung gibt, so wollen wir immer damit anfangen, deinen Namen zu ändern. Laidion soll in *Glycerion* verwandelt werden; und als Glycerion will ich dich mit einem meiner Freunde bekannt machen, der (gegen eine kleine Erkenntlichkeit vielleicht) großmütig genug sein wird, dich unter der Aufsicht einer alten Freigelassnen aus seinem Hause nach *Milet* zu führen, wo du, mit allem versehen was die Anständigkeit erfordert, durch eine stille und eingezogene Lebensart am ehesten Aufmerksamkeit erregen wirst. Es gibt eine gewisse Art sich zu verbergen, um desto bessere gesehen zu werden. In kurzem werden die Liebhaber so dicht, wie die Bienen um einen Rosenstrauch, um deine Hütte flattern.

Ihre Absicht - merke dirs wohl, gutes Mädchen! - ist weder schlimmer noch besser, als dich so *wohlfeil* zu haben als möglich: Die *Deinige* muss sein, dich so *teuer* zu verkaufen, als du kannst. Dein eigenes Herz wird dir hierin vielleicht am hinderlichsten sein. Wehe dir, wenn es zur Unzeit oder für einen Gegenstand gerührt würde, wobei nur die *Augen* ihre Rechnung fänden! Eine Schöne hat tausend Dinge zu verschenken, die von keiner Erheblichkeit sind; aber ihr *Herz* muss immer in ihrer Gewalt bleiben. Solange du dieses *Palladion* erhältst, wirst du unbezwinglich sein. Bemühe dich, allen deinen Liebhabern gut zu begegnen, ohne einen zu begünstigen. Teile die Gnaden, die du, ohne dir selbst zu schaden, verschenken kannst, in unendlich kleine Teilchen. Ein Blick sei schon eine große Gunst; und den Zwischenraum vom gleichgültigen zum aufmunternden, und von diesem zum zärtlichen, fülle, wenn es sein kann, - und ich dächte, ein schönes Mädchen sollte es können - mit hundert andern aus, die stufenweise sich von dem einen entfernen und dem andern nähern. Aber hüte dich, bei diesem Spiele deine Absicht merken zu lassen: Das wäre so viel, als wenn du sie warntest, sich in acht zu nehmen. Gleich schädlich würde es sein, wenn du die Meinung von dir erwecktest, als ob dein Herz nicht gerührt werden könnte. Lass einem jeden, der es wert zu sein scheint, einen Strahl von Hoffnung, dass es *möglich* sei, dich zu gewinnen; aber dabei richte alle deine Bewegungen so ein, dass es immer in deiner Macht bleibe, denjenigen zu begünstigen, der zärtlich und schwach genug ist, sich und sein Glück deinen Reitzungen auf Gnade oder Ungnade zu ergeben; – wohl verstanden, dass, nach bedächtlichster Abwägung aller Umstände, der Mann und sein Glück das Opfer wert sei, das du ihm dagegen von dir und deiner Freiheit machst. Einen solchen, wenn die Wunde, die ihm deine Augen geschlagen haben, zu schwären anfängt, kannst du mit gehöriger Vorsicht merken lassen, dass du fähig bist, zärtlich zu sein. –

Aber mir fällt auf einmahl ein, dass du mir sagtest, du könntest nicht zärtlich sein.

Sie errötete – *Ich glaubte es*, flüsterte sie.

Ich nicht, sagte der *Sohn des Iketas*, indem er ihr mit einem Blicke, der ein Mittelding von Zärtlichkeit und Mutwillen war, in die Augen sah.

Sein Knie berührte von ungefähr das Ihrige in diesem Augenblicke.

Er fühlte es zittern.

Willst du nicht fortfahren zu reden? Sagte sie.

Ich muss vorher wissen, ob du zärtlich sein kannst.

»Und wenn du es wüsstest?« –

So muss ich wissen, *wie sehr* du es sein kannst.

Ihr Mantel hatte sich, indem sie ihn um ihre Knie zusammenzog, oben ein wenig aufgetan. – Eine süße Verwirrung zitterte in ihren glänzenden Augen.

Der Sohn des Iketas war damals fünfundzwanzig Jahre alt.

Seine Neugier hätte nun schweigen sollen. – Hatte sie nicht Ursache dazu?

18.

O Glycerion, warum bin ich nicht Herr von einer Welt, – oder, so stark der Abfall ist, – nur der Herr eines kleinen Meierhofs, der für dich und mich groß genug wäre; der einen Garten hätte, und ein kleines Feld, uns zu nähren, und Gebüsche, unser Glück vor den Augen des Neides zu verbergen!

19.

Es ist ein schwaches Ding, lieben Leute, um unser Herz. Und doch, so schwach es ist, und so leicht es uns irregehen macht, ist es die Quelle unserer besten Freuden, unserer besten Triebe, unserer besten Handlungen.

Unmöglich kann ich anders, ich muss den Mann, der das nicht verstehen *kann*, oder nicht verstehen *will*, – *bedauern* oder *verachten*.

Indessen wollte ich, dass sich die Schönen warnen ließen, auf keine vermeinte Erfahrung hin jemals zu versichern, dass sie sich für unfähig hielten, bis auf einen gewissen Grad gerührt zu werden.

Ein sanfter Schlummer unterbrach die Unterweisungen des Freundes und die Lehrbegierde des Mädchens.

20.

Wie schwer hast du dirs gemacht, allzu schwacher Schüler des weisen *Antisthenes*, in deiner Unterweisung fortzufahren, wo du sie gelassen hattest!

Liebste Glycerion, sagte ich endlich, so sehr ich dich liebe, so muss ich doch, wenn meine Liebe nicht die Wirkung des Hasses haben soll, – fortfahren. – Ach, Glycerion! Morgen werden wir uns nicht mehr sehen.

»Nicht mehr sehen? – Und warum nicht?«

Weil meine Gegenwart deinem künftigen Glücke hinderlich wäre.

»Was für einem Glücke? – Ists dein Ernst? Kannst du an unsre Trennung denken?«

Ich muss! Meine Umstände – –

»Werd' ich *deinem* Glücke schädlich sein, Diogenes?«

Nein, Glycerion, das Glück und ich haben nichts mehr miteinander zu schaffen. *Ich* wär' es, der dem *Deinigen* im Lichte stände.

»Wenn dies dein Beweggrund ist, so höre mich an, lieber Diogenes! – Ich wünsche mir kein andres Glück, als bei *dir* zu sein. Du verdienst eine Freundin, an deren Busen du die Ungerechtigkeit des Glücks und der Menschen vergessen kannst. Denke nicht, dass ich dir zur Last fallen werde; ich kann weben, sticken, spinnen –« Vortreffliches Geschöpf! – Lange widersetzt' ich mich. Aber Glycerion blieb entschlossen.

Sagt nun, ihr, denen die Natur ein fühlendes Herz gab, hatt' ich mich geirrt, da ich die Zeichen einer schönen Seele in ihren Augen wahrzunehmen glaubte?

Wir beschworen den Bund ewiger Freundschaft. Wir entfernten uns von Athen. Die Welt wusste nichts von uns, und wir vergaßen die Welt. Drei glückliche Jahre – meine Augen lassen mich nicht fortfahren. –

21.

Sie ist nicht mehr, die zärtliche *Glycerion*! – mit ihr verlor ich alles, was ich noch verlieren konnte. Ihr *Grab* ist das einzige Stück Boden auf der Welt, das ich *mein* zu nennen würdige. Niemand weiß den Ort als ich. Ich habe ihn mit Rosen bepflanzt, die so voll blühen wie ihr Busen, und nirgends so lieblich duften. Alle Jahre im Rosenmonde besuch' ich den geheiligten Ort. Ich setze mich auf ihr Grab, pflücke eine Rose. – So blühtest *Du* einst, denke ich, – und zerreiße die Rose, und verstreue die Blätter auf dem Grab' umher. – Dann erinnr' ich mich des süßen Traums meiner Jugend, und eine Träne, die auf ihr Grab herab rollt, befriedigt den geliebten Schatten.

22.

Wenn ihr nicht gerührt seid, so ist es meine Schuld nicht; aber ich vergeb' es euch. Ihr habt keine Glycerion verloren, – oder habt keine zu verlieren, – oder verdient keine zu bekommen.

Ich weiß ein hübsches Märchen, das mir meine Amme zu erzählen pflegte, wie ich noch klein war; – vielleicht würde es euch belustigen. Es steht euch von Herzen zu Dienste.

Aber da kommt der gute *Xeniades* und nimmt mir die Schreibtafel.

23.

Du bist eine so gute Art von Sterblichen, sagte *Xeniades*, nachdem er die Geschichte von Glycerion gelesen hatte. – Ich kann es nicht ausstehen, dass die Welt dich in einem falschen Lichte sehen soll.

D. Und *warum* sieht sie mich in falschem Lichte?

X. Vergib mir, mein Freund; ich ehre dich so herzlich, dass ich mich selbst überzeugen möchte, du habest keinen Fehler.

D. Aber warum *das*, guter *Xeniades*? – Bin ich nicht ein Mensch? Darf ich nicht so gut Torheiten und Fehler haben als andre?

X. Du *willst* mich nicht verstehen, Diogenes –

D. Ich verstehe dich wohl, aber ich kann eine gewisse Art von *Gleißnerei* nicht leiden, die ich in unsrer Familie – ich meine *die Familie des Deukalion und der Pyrrha* – herrschen sehe. Ist die Rede *überhaupt* von den Schwachheiten, Fehlern und Gebrechen der menschlichen Natur, so gesteht jedermann, dass er die Seinigen auch habe, dass er deren *viele* habe.

Aber gebt diesen Schwachheiten oder Fehlern ihren rechten Namen, leset das ganze Register von Stück zu Stück ab, und haltet bei jedem Umfrage; so wird sich kein Mensch auch nicht zu einem einzigen von allen bekennen wollen. Welche Ungereimtheit! – Ich hasse sie von Herzen! Ich entferne mich in vielen gleichgültig erscheinenden Dingen von den Regeln der Gewohnheit. Man nennt mich deswegen einen *Sonderling,* und wer nicht so höflich sein will, einen *Narren.* – Gut! Ich bekenne mich dazu. Das ist *meine* Schellenkappe. Schadet sie jemandem? – Ich sehe ganz Korinth mit *Torheiten* und *Lastern* erfüllt, die ihren Besitzern, andern ehrlichen Leuten und dem gemeinen Wesen selbst verderblich sind. Man sieht ihnen ruhig zu; und *mir* will man nicht zwei oder drei *Grillen* zugestehen, von denen keine lebende Seele, nicht die Seele einer Schmeißfliege, Schaden hat!

X. Aber das wirst du mir doch eingestehen, dass ein vortrefflicher Mann es desto mehr wäre, wenn er gar keine Flecken hätte?

D. Gesetzt, Xeniades, dass dies *möglich* wäre, so ist die Frage, ob eine so große Vollkommenheit nicht das unfehlbarste Mittel wäre, sich einen allgemeinen Abscheu zuzuziehen? Wehe dem Manne, der so weise wäre, um den übrigen Sterblichen in keiner Schwachheit ähnlich zu sein! Wie sollten sie ihn erträglich finden? Wie sollten sie ihm seine Vorzüge verzeihen können? Er muss sich die Freiheit, ihrer ungestört zu genießen, durch einige wirkliche oder vermeinte Torheiten erkaufen, mit denen er gleichsam den allgemeinen *Genius* dieser sublunarischen Welt versöhnt, und den übrigen Toren das Recht gibt sich über ihn lustig zu machen. – Aber wirklich räum' ich dir schon mehr ein, als ich schuldig bin, mein lieber Xeniades, indem ich dir zugebe, dass dasjenige, worin ich ein Sonderling bin, so schlechthin Torheit oder Grille sein müsse. Ich bin bereit, wenn du gerade nichts bessers zu tun hast, die das Gegenteil zu beweisen. – Sage mir Stück für Stück, was die Korinther an mir aussetzen, und ich will dir sagen, was ich darauf zu antworten habe.

X. Sie sagen, zum Beispiel, Diogenes suche aus *Hochmut* was Besondres darin, sich in Kleidung, Lebensart und Manieren von allen andern Leuten zu unterscheiden.

D. In allen diesen Punkten handelt er nach seinen *Grundsätzen;* er *sucht* also nichts – als mit sich selbst übereinzustimmen; und das ist freilich sonderbar genug! Aber wie kommen die ehrlichen Korinther dazu, die geheime Triebfeder meines Betragens so zuverlässig angeben zu können? – Doch wir wollen nicht über einen Punkt streiten, wo es so schwer ist, einander zu überzeugen. – Gesetzt sie hätten recht, so hieße das weder mehr noch weniger, als *ihr* Hochmut finde nicht gut, dass der *Meinige* eine andre Maske trage als *er*. – Aber, gerade von der Sache zu reden, würden nicht eure reichen Wollüstigen, selbst für ihren eigenen Vorteil, besser tun, wenn sie *wenigstens in der Mäßigkeit* meinem Bespiele folgten? Wie viele von ihnen befinden sich bei der schmeckenden Giftmischerei ihrer Köche so wohl, als ich bei der einfältigen Nahrung, welche die Natur überall für mich zubereitet? Welcher unter ihnen allen, wenn der dem *Komus* nur zehn Jahre geopfert hätte, dürfte es mit mir an Stärke und Geschmeidigkeit aufnehmen, die Probe möchte nun mit den Spielen, die zu *Olympia* gekrönt werden, oder mit denen, wovon die Schönen Richterinnen sind, gemacht werden sollen?

Diese äußerste Mäßigung hat, nachdem ich ihrer einmal gewohnt bin, nichts Beschwerliches mehr für mich, und verschafft mir hingegen Vorteile, welche mit dem schalen Vergnügen, meinen Gaumen zu kitzeln, gewiss in keine Vergleichung kommen. Denn seitdem ich diese Lebensart führe, die euch so armselig vorkommt, bin ich immer munter und zu allem aufgelegt; mein Gemüt ist unbewölkt, meine Vernunft unbefangen, mein Herz fühlend, alle meine Kräfte stehen mir zu Gebot, und es hängt nicht von meinem *Magen* ab, ob ich ein *Genie* oder ein *Dummkopf*, ein *angenehmer* oder ein *unerträglicher* Gesellschafter für mich selbst und andere sein soll. Die Schönheiten der Natur verlieren ihren Reiz nie für mich, und gegen ihre Abwechslungen bin ich abgehärtet. Ich kann Hitze und Frost ertragen, hungern und dursten, Wind und Wetter ausdauern, so lang' es die Natur eines Menschen ausdauern kann. Kurz, ich bin zu Erduldung aller Arten von Arbeit und Schmerzen geschickter, und empfinde das Reizende der Wollust selbst desto lebhafter, je seltener ich sie koste. Lasst eure verzärtelten, mädchenhaften, nervenlosen, wetterlaunischen, kränkelnden und schmachtenden *Sybariten*, denen ein geknicktes Rosenblatt auf ihrem weichlichen Lager schon Schmerzen macht, lasst die herbei schleichen, und sich in allen diesen Stücken mit mir messen! – Es ist übrigens nicht mehr als billig, mein lieber Xeniades, als dass es *so* ist; die Günstlinge des Zufalls würden gar zu viele Vorteile über uns andere haben, wenn die Natur nicht auf sich genommen hätte, uns schadlos zu halten. – Und nun sprich selbst, sollte ich, dem Naserümpfen der Korinther zu Ehren, der Stimme dieser guten Mutter ungetreu werden? – Diogenes ist zu sehr sein eigner Freund!

X. Du magst in der Hauptsache so unrecht nicht haben, Diogenes; aber was würde aus der *Welt* werden, wenn *jedermann* nach deinen Grundsätzen leben wollte? Und hat die Natur, indem sie den Erdboden mit Gegenständen des Vergnügens für uns angefüllt und den Menschen mit

Witz und Geschicklichkeit ausgerüstet hat, tausend *Künste* zu erfinden, welche sich einzig mit *Verschönerung des Lebens* beschäftigen; - hat sie dadurch nicht selbst zu erkennen gegeben, ihre Absicht sei nicht bloß, dass wir leben, sondern *dass wir auf die angenehmste* Weise leben sollen?

D. Es ließe sich vielleicht manches gegen die Einbildung sagen, womit wir uns zu schmeicheln pflegen, als ob alles in der Welt um unsertwillen gemacht sei. Der Schluss, »ich kann etwas zu einer gewissen Absicht gebrauchen, also ist es dazu gemacht,« ist offenbar falsch; denn ich kann, zum Exempel, einen Becher für einen Topf gebrauchen, ob er gleich zum Trinkgeschirr bestimmt war. Die Frage bleibt immer: ob wir nicht viele Dinge durch den bloßen *Gebrauch*, den wir davon machen, schon *missbrauchen*? - Es käme auf besondere Untersuchungen an, in die wir uns jetzt nicht einlassen wollen; ich hab' es auch zu Beantwortung deines Einwurfs nicht vonnöten. Gesetzt die Natur habe alle ihre Werke, mit allen Schöpfungen der *Kunst*, (welche in gewissem Sinne die *Tochter der Natur* genannt werden kann) zu unserm Gebrauch und Vergnügen bestimmt: So könnten wir sie hierin einem reichen Manne vergleichen, der ein großes Gastgebot angestellt, und dazu alle Arten von Gästen aus allerlei Ländern, Völkern und Zungen, von allerlei Klassen, Ständen, Geschlecht und Leibesbeschaffenheit, eingeladen hätte. Natürlicherweise würde er recht daran tun, so vielen und mannigfaltigen Gästen vielerlei Gerichte, und alles in großem Überflusse vorzusetzen. Nun stelle dir unter diesen Gästen irgendeinen starken Kerl vor, der, nicht zufrieden mit dem was vor ihm stände, auch die entfernten Schüsseln alle zu sich raffte, und, ohne zu bedenken, dass nicht alles für ihn allein zubereitet worden, und dass er nur einen Magen hat, oder dass gewisse Speisen nur für die schwachen und kränklichen Gäste aufgestellt sind, alles allein zu verschlingen suchte, bis er so voll wäre, dass er das Überflüssige wieder von sich geben müsste - was würdest du von einem solchen Menschen sagen, oder wie meinst du, dass er von dem Herrn des Gastmahls angesehen würde?[6]

X. Die Antwort gibt sich von selbst.

D. Und die Anwendung meines Gleichnisses auch. Eure Reichen, die ihre Speisen aus allen Elementen und Himmelsgegenden zusammensuchen lassen, sind der Gast, der das ganze Gastmahl der Natur, wenigstens so viel an ihm ist, allein verschlingen will. Lasst einen jeden nach dem greifen, was ihm zunächst liegt, und nicht mehr essen, als er bedarf, um seinen Hunger zu stillen: So werden wir alle von der Tafel der Natur

[6] Die Leser Lucians werden sich erinnern, wem diese Stelle zugehört.

gesättigt aufstehen, werden uns alle wohl befinden, und niemand wird über Unverdaulichkeit klagen, oder seinen Mitgästen durch unziemliche Entladungen beschwerlich fallen. Das wäre alles, was daraus entstände, wenn jedermann nach meinen Grundsätzen lebte. - Aber sei immer unbesorgt, Xeniades. Ich werde nie so viel Nachfolger bekommen, dass die dermalige Verfassung der Welt darunter Gefahr liefe. Und wenn wir auch den unmöglichen Fall setzen, dass mein Beispiel Kraft genug hätte, ein ganzes Volk zu meinem System zu bekehren; meinst du, dass es desto schlimmer für sie wäre? - Ich habe gute Lust - aber, was ists? Hörst du nicht ein ängstliches Geschrei vom Ufer her? - Ich will dir *meine Republik* schuldig bleiben, *Xeniades* - ich muss sehen, was es ist.

24.

Es war nichts - als eine kleine Barke, die an einer Klippe nah am Ufer umschlug. Ich ward unter den Schwimmenden einer Person gewahr, welche nicht Kräfte genug zu haben schien das Ufer zu erreichen. In einem Augenblicke lag mein Mantel im Sande; ich sprang ins Wasser - Anständigkeit oder nicht! - Es kam jetzt darauf an, das Leben einer menschlichen Kreatur zu retten.

»Es war also eine Weibsperson?«

Ich kann nichts dazu, dass es so war; indessen - glaubt mirs oder nicht - dacht' ich in diesem Augenblick nicht mehr daran, als an den *Mann im Monde*. - Ich lud sie auf meinen Rücken und arbeitete mich mit ihr ans Ufer.

Sie in den Sand hinzulegen und davon zu gehen, wäre unartig gewesen; man muss nichts Gutes halb tun. Ich trug sie also bis zum nächsten Grasplatze, der mit einigen Gebüschen bewachsen war.

Ihr könnt euch vorstellen, dass ich während allem dem Gelegenheit hatte, die Entdeckung zu machen, dass die Frau eine *schöne Frau* war. Interessiert sie euch nun *weniger* seitdem ihr das wisst? - Es ging mir wie euch.

Inzwischen war ich noch immer ohne Mantel. Die schöne Frau, und die Sorge sie wieder zurechtzubringen, beschäftigte meine Aufmerksamkeit so sehr, dass ich nicht auf mich selbst achtgeben konnte - bis sie die Augen zu öffnen anfing.

Ich wollte wetten, dass sie nicht viel gesehen haben konnte, so schnell schloss sie die Augen wieder zu. Die Verwirrung, womit sie es tat, machte mich stutzen; und jetzt ward ich erst gewahr, dass ich ohne Mantel war.

Ich erzähle euch die Sache mit allen ihren Umständen, wie sie war, ohne das Geringste zu verschönern. - Ruhe indessen hier an der Sonne, und trockne doch so gut du kannst, sagte ich; ich gehe einen Augenblick meinen Mantel zu holen; denn ich *will* und *muss* deine *Augen* sehen, und hören, wozu ich dir noch weiter gut sein kann.

Ich lief fort. In zehn Minuten hatte ich meinen Mantel wieder. Ich kam zurück. Sie hatte indessen ihr Oberkleid ausgewunden und gegen die Sonne ausgebreitet, und war im Begriff, sich hinter dem Gesträuche auf der übrigen zu entladen. Ein großer Busch hinderte sie mich gewahr zu werden, ungeachtet sie immer schüchtern um sich sah.

Ich blieb stehen, und - sah ihr zu. Ich sage euch weiter nichts davon, als - dass ich unter hundert jungen Menschen neunundneunzig und einem hätte raten wollen, anders wohin zu sehen, oder lieber gar wegzugehen. Aber ein Mann von fünfzig Jahren, der seit mehr als zwanzig von Salat, Bohnen und Wasser lebt, darf eine jede schöne Statue ansehen, sie mag nun aus den Händen eines *Alkamenes* oder der *Natur selbst* gekommen sein.

Endlich war das Oberkleid trocken. Sie wickelte sich darein ein, setzte sich an die Sonne, die sich schon zum Untergang neigte, und schien sich umzusehen, wo ich bliebe.

Ich kam zum Vorschein. Sie errötete, schlug die Augen nieder, und sah wie eine Person aus, die in Verlegenheit ist. Ich komme wieder, schöne Fremde, sagte ich, (hier klärte sich ihr Gesicht ein wenig auf, aber die Röte nahm zu) um zu vernehmen, worin ich dir weiter dienen kann.

Sie schwieg eine Weile. Wolltest du mir, sagte sie endlich, den Gefallen tun, und sehen, was aus einer alten Frau geworden ist, die bei mir in der Barke war? Sie war meine Amme; ich hoffe sie ist gerettet.

Ich flog nach dem Ufer. - Alles war gerettet; nur von der alten Amme konnte niemand Nachricht geben. Die schöne Frau weinte, da ich ihr diesen Bericht brachte; sie lief selbst ans Ufer, bat die Schiffer ihre Amme aufzusuchen, versprach Belohnungen, und - weinte vielleicht noch, wenn nicht eine Kiste, die nicht weit von ihr im Sande lag, ihrer Aufmerksamkeit eine andre Richtung gegeben hätte. Sie gehörte *ihr* zu, und war mit Kleidern und tausend Sachen, die zur Rüstung einer schönen Frau gehören, bepackt. Zum Glücke war alles unbeschädigt. Ein Strahl von Freude entwölkte plötzlich ihr ganzes Gesicht; - es war ein sehr liebliches Gesicht, das versichr' ich euch. Aber die Amme fand sich nirgends und die Sonne ging unter.

Die schöne Frau, ziemlich getröstet, dass sie wenigstens ihre Kiste gefunden hatte, sagte mir den Namen einer Freundin, zu der ich sie führen sollte. Ein Schiffer, mit ihrer Kiste beladen, zeigte uns den Weg. Wir langten an; die schöne Frau dankte mir, und ich - wünschte ihr eine gute Nacht. - Zum ersten Male schien sie mich mit Aufmerksamkeit und einem gewissen Erstaunen zu betrachten. Ruhe wohl, schöne Fremde, sagte ich und ging fort.

25.

Nun fragte ich alle ehrlichen Leute, Griechen und Barbaren, Männer und Weiber, (die Zwitter und Kastraten mit eingerechnet) »was an der Geschichte, die ich eben erzählt habe, denn so sehr ärgerliches ist?«

Auf mein Wort, ich begreife nichts davon. Alle Umstände vorausgesetzt, wie sie wirklich waren, seh' ich nicht, wie ich selbst, oder die schöne Frau, oder beide zusammen, uns anders hätten betragen *sollen*, als wir taten.

Indessen höret, was geschah! Des folgenden Tages war die Sache in ganz Korinth ruchbar; man sprach drei Tage lang von nichts anderem als von *Diogenes und der schönen Frau*; man erzählte einander den Umstand mit einem andern von eigner Erfindung; man setzte sie sogar in Verse, und gestern nachts hörte ich sie auf der Gasse singen.

Aber das ist noch nichts. Man *urteilte* auch darüber; man *untersuchte, was* Diogenes und die schöne Frau *getan* hatten, was sie *nicht* getan hatten, aus was für *geheimen* Bewegursachen und zu welchem *Zwecke* sie es getan hätten; was sie unter diesen oder andern gegebenen Umständen hätten tun *können*, oder tun *sollen*, u. s. w. Man sprach für und wider davon, und die Stimmen fielen einhellig dahin aus: »Dass Diogenes in dieser ganzen Sache weder als ein *weiser* noch als ein *tugendhafter* Mann gehandelt habe.«

Eine alte Dame fand sehr übel, dass er seinen Mantel so spät geholt hätte. Was für eine Unvorsichtigkeit, wenn man der Sache auch den gelindesten Namen geben wollte! Wie war es möglich, das Vergessen seiner selbst so weit zu treiben? Er hätte die Frau, ehe sie sich noch erholt hatte, ans Ufer hinlegen, und erst, nachdem er seinen Mantel wieder umgehabt hätte, an einen bequemern Platz tragen sollen.

Sie sind sehr gutherzig, Madam, sagte eine *Andere*: Sehen Sie denn nicht, dass man etwas mit gutem Bedacht vergessen kann? - und dass es ihm gemütlich sein mochte, an das Notwendigste nicht eher zu denken als, bis es zu spät war?

Bei den eleusinischen Göttinnen, schwor eine *Dritte*, er hätte sich nicht mehr vor mir sehen lassen dürfen, wenn ich die Fremde gewesen wäre!

Vermutlich, nahm die *Vierte* das Wort, war die Dame aus einem Lande, wo man noch im Naturstande lebt.

Oder sie sah ihn für einen *Satyr* an, - sagte die *Fünfte*, eine große dicke Frau, welche die Miene hatte sich vor zehn Satyrn nicht zu fürchten.

Ich weiß nicht, warum Sie raten mögen, sprach die *Sechste*. Ich denke, die Sache spricht von sich selbst. Wenn es nun der Geschmack dieser Dame so ist? Allen Umständen nach war es ohnehin so eine Dame von - den Damen, bei denen es eben nicht viel zu bedeuten hat, ob man ihnen sogar regelmäßig begegnet oder nicht.

So urteilten die *Damen* von der *ersten* und *zweiten* Klasse zu Korinth; die *Priesterinnen* ausgenommen, welche gar nicht urteilten, sondern sich nur nach allen Umständen erkundigten, und da sie hörten, dass er ohne Mantel gewesen, als die Dame zum ersten Mal die Augen aufschlug, feuerrot wurden, die Hände vor die Ihrigen hielten, und nichts weiter hören wollten.

In den *männlichen* Gesellschaften wurde die Sache aus einem andern Gesichtspunkt erörtert.

Warum erstreckte sich seine Dienstfertigkeit nur auf die schöne Frau? Warum ließ er die ehrliche *Amme* zugrunde gehen? Sie musste doch, wie der Erfolg zeigte, seiner Hilfe ebenso sehr benötiget gewesen sein!

Die Frage ist umso begründeter, setzte ein *andrer* hinzu, da sich vermuten lässt, dass die schöne Frau auch ohne seine Hilfe das Ufer würde erreicht haben.

Sie sind streng, meine Herren, sprach der *Dritte*: als ob es nicht natürlich wäre, sich lieber um eine schöne junge Frau als um ihre alte Amme Verdienste machen zu wollen, ha, ha, he! - Der Mann lachte über seinen guten Einfall - Ha, ha, he! -

Zumahl, fügte ein *Vierter* mit einer spitzfündigen Miene bei, da man nicht alle Tage einen so ehrbaren Vorwand findet, mit einer schönen Nymphe in puris naturalibus hinter eine Hecke zu gehen.

Ich weiß *von guter Hand*, ließ sich ein *Fünfter* vernehmen, der erst kürzlich *Ratsherr* geworden war, dass sie über zwei Stunden allein beieinander im Gebüsche waren; und es könnten *Zeugen* aufgeführt werden, welche seinen Mantel am Ufer und die Kleider der Dame an einem dürren Aste gegen die Sonne haben hangen sehen.

Ich denke nicht gern das Ärgste, sprach *ein Priester Jupiters*, ein ernsthafter Greis - von vierzig Jahren, indem er sehr emphatisch auf sein gedoppeltes Unterkinn drückte. - Aber, so wie die Menschen einmal sind, hör' ich nicht gern von großmütigen Handlungen reden, wenn ein Frauenzimmer, zumal ein junges und schönes Frauenzimmer, dabei im Spiel ist. Es fällt so stark in die Augen, warum man sich, wie schon vor mir erinnert worden ist, um diese letzte Klasse so gern verdient macht. Ich möchte, wenn ernsthaft von der Sache gesprochen werden soll, wohl wissen, warum eine *schöne Frau*, insofern sie eine schöne Frau ist, liebenswürdiger sein sollte als ihre *Amme*? Haben wir nicht die nämlichen Pflichten gegen sie? Ist nicht in vorliegendem Falle die eine so hilfsbedürftig als die andere? Ist nicht Frömmigkeit und Unsträflichkeit der Sitten dasjenige, was den wahren Wert der Menschen bestimmt? Und hat eine junge oder schöne Frau dieser zufälligen Eigenschaften wegen etwa mehr Anspruch an Frömmigkeit und Tugend, als eine alte oder hässliche? - Natürlicherweise ist eher das Gegenteil zu vermuten. Ein tugendhafter Mann, wenn er *weise* ist, - und das *muss* er sein, oder seine Tugend läuft alle Augenblicke Gefahr zu straucheln - würde in einem solchen Falle, wo er unter beiden wählen müsste, sich umso mehr für die *Amme* bestimmt haben, je *reiner* bei *dieser* seine *Bewegungsgründe* sein konnten, je *erbaulicher* das *Beispiel* gewesen wäre, das er dadurch gegeben hätte, und je weniger er dabei für seine eigene oder ihre Tugend zu *besorgen* gehabt hätte.

Vergib mir, Vater der Götter und Menschen! - aber es ist mir unmöglich, deinen Priester länger so gravitätisch - Unsinn sagen zu hören. - Du sollst recht haben, Priester Jupiters! Es ist nicht abzusehen, warum eine schöne junge Frau liebenswürdiger sein sollte als ihre Amme; sie ist *gar nicht* liebenswürdig! - Die Tugend der alten Amme, das ist die Sache! Welch ein Kleinod! *Dieses* hätte gerettet werden sollen! Lasst immerhin die schönen Frauen ertrinken! Was ist daran gelegen? Die Tugend gewinnt doch dabei! Die Versuchungen vermindern sich; was für *Beispiele* wollten wir geben, wenn nichts als alte Ammen in der Welt übrig wären! - Diogenes hat weder als ein weiser noch tugendhafter Mann gehandelt; man gibt dir alles, zu was du willst, Priester Jupiters, - nur schweige!

26.

Ohne Ruhmredigkeit, das vorher gehende Kapitel ist eines von den lehrreichsten, die jemals geschrieben worden sind, und ich rate euch wohlmeinend, es mehr als einmal mit aller möglichen Aufmerksamkeit zu überdenken. Ein nur mittelmäßig scharfsinniger Leser wird daraus, mit geringer Mühe, die Regeln verschiedener von den brauchbarsten und nützlichsten Künsten abstrahieren können; - als da sind die Kunst *mit guter Art zu verleumden* - die Kunst Begebenheiten in ein *falsches Licht* zu stellen, ohne an den Umständen etwas andres als *Zeit* und *Ort* zu ändern - die Kunst einer *gleichgültigen* und *unschuldigen* Sache einen *Anstrich von Ärgerlichkeit* zu geben - die Kunst *individuelle Lügen* durch *allgemeine Wahrheiten* aufzustutzen: - lauter Künste, die einen sehr ausgebreiteten Einfluss in das gesellschaftliche Leben haben, und von einer solchen Art sind, dass diejenigen, welches es darin auf einen gewissen Grad von Vollkommenheit gebracht haben, durchgängig so geheim damit tun, als gewisse Ärzte mit ihren *Arcanis*, weil sie den Nutzen, der daraus zu ziehen ist, für sich selbst behalten wollen. - Ich wiederhol' es, es ist viel daraus zu lernen!

27.

Ich gestehe dir, *Xeniades*, ich unterlag der Versuchung, mich an der großen dicken Frau zu rächen, die mich mit einem Satyr verglichen hatte.

Du kennst ja die *Lysistrata*, die Gemahlin des albernen *Fokas*? - Ich ging an einem dieser Tage, um die Zeit der Mittagsruhe, zu ihr. Die Hitze war sehr groß. Ich fand sie in einem kleinen Saal ihres Gartens auf einem Faulbettchen liegen. Ein junger Sklave - ein Mittelding von Knabe und Jüngling, der einem Mahler die Idee zum schönsten *Bacchus* gegeben hätte - kniete mit einem großen Luftfächer neben ihr, und zog sich zurück, wie ich hineintrat. Ich sagte ihr, dass ich gekommen wäre, um eine von meinen Freundinnen in eine bessere Meinung bei ihr zu setzen, als worin sie, unwissend, warum, das Unglück hätte, bei ihr zu stehen.

Sie schien nicht zu begreifen, was ich wollte. Ich half ihrem Gedächtnis nach und sagte ihr, die bemeldete Dame glaubte nicht ein so strenges Urteil verdient zu haben, als neulich in einer gewissen Gesellschaft über sie ergangen wäre. In der Tat, setzte ich hinzu, wünschte ich zu wissen, wie *Lysistrata* in den nämlichen Umständen sich anders hätte betragen wollen?

»Es ist meine Schuld nicht, dass die Gesetze des Wohlstands wo streng sind,« sagte sie –

Redest du von dem Wohlstande, der aus der innern Schönheit der Gesinnungen und Handlungen entspringt, oder von dem eingebildeten Wohlstande, der bloß von der Meinung der Leute abhängt?

»Ich verstehe mich nicht auf eure Distinktionen, erwiderte die Dame. – Jedermann weiß, was man unter Wohlstand versteht, und alle Leute stimmen, glaub' ich, überein, dass es gewisse *Regeln* gibt, von denen man sich nicht loszählen kann, ohne sich dem Urteil der Welt auszusetzen.«

Du zielest vermutlich auf den Umstand, dass ich ohne Mantel war, wie die Dame zum ersten Mal die Augen aufschlug. Ich gestehe, es war nicht nach den *Regeln;* allein die *Umstände* müssen mich entschuldigen, und ich dachte in der Tat nichts Böses.

»Die Rede ist nicht von dem, was du dachtest, sondern was du tatest,« sagte sie lächelnd.

Ich wollte für nichts stehen, schöne Lysistrata, wenn ich mich mit einer so reizenden Frau, als ich jetzt vor mir sehe, in so seltsamen Umständen befände.

»Ich sehe nicht, warum du mich ins Spiel ziehen willst,« versetzte sie errötend, indem sie ihr Halstuch, welches ein wenig in Unordnung war, so nachlässig zurechtmachte, dass das Übel merklich größer wurde, als es gewesen war.

Aber im Ernst, schöne Lysistrata, würdest du fähig gewesen sein, einem Menschen, der dir das Leben gerettet hätte, eine solche Kleinigkeit nicht zu vergeben? Im Grunde war es doch immer die nichtsbedeutendste Sache von der Welt.

»Nicht so sehr, als du dir einbildest.«

Aber warum das? – Ich müsste mir einen *kleinen* Begriff von der Tugend eines Frauenzimmers machen, wenn ich glaubte, dass ein Zufall dieser Art, wobei weder auf der einen noch andern Seite die mindeste Absicht war, fähig sein sollte sie aus ihrer Fassung zu setzen.

»Wer sagt auch das? – Ich wollte nicht, dass ihr euch für so gefährlich hieltet: aber was würde aus der Achtung, die man uns schuldig ist, werden, wenn wir so geneigt wären, wie deine Fremde, dergleichen Freiheiten, so wenig auch Absicht dabei sein möchte, zu verzeihen?«

Vielleicht, schöne Lysistrata, sah sie ihren Retter für einen *Satyr* an, von dem sich kein so zartes Gefühl erwarten lässt?

Sie errötete zum zweiten Male. – »Du bist boshaft, Diogenes,« sagte sie, indem sie sich etwas mehr auf meine Seite drehte, ohne achtzugeben, dass diese Bewegung die Draperie ihres linken Fußes in eine gewisse Unordnung brachte, welche ihrer ganzen Figur, so wie sie auf dem Ruhebette lag, zwar ein desto *malerischeres* Ansehen gab, aber doch Eindrücke machen konnte, welche sie, nach der Präsumtion die für eine tugendhafte Dame vorwaltet, vermutlich nicht zu machen gesonnen war.

In der Tat, Lysistrata, sagte ich, einem Satyr ist vieles erlaubt, was man einem andern nicht vergeben würde. – Die Richtungslinie meiner Augen hätte sie aufmerksam machen sollen, wenn sie weniger zerstreut gewesen wäre. – Ich wollte dir, zum Beispiel, nicht raten, schöne Lysistrata, fuhr ich nach einer kleinen Pause fort, doch mit Vorsatz in die Stellung zu setzen, worin ich dich wirklich sehe, wenn du dich in der mindesten Gefahr glaubtest, von einem Satyr überrascht zu werden.

»Wer sollte sich einfallen lassen, sagte sie, indem sie sich mit einer angenommenen Verwirrung in sich selbst hinein schmiegte, dass die Philosophen für solche Kleinigkeiten Augen hätten! – Du trauest mir doch zu, dass ich nicht daran dachte, deiner Weisheit Zerstreuungen zu geben?«

Ich weiß nicht was du dachtest; aber ich weiß, was ich zu tun hätte, wenn ich dich überreden könnte, mir die Vorrechte eines Satyrs zuzugestehen.

Die Dame sah mich mit einem kleinen Erstaunen, das nichts Abschreckendes hatte, an. – Es war ein Blick, der in meinen Augen zu suchen schien, ob ich wirklich so viel fühle, als ich sagte.

Da alles seine Grenzen hat, fuhr ich mit einem großen Seufzer fort, sollte nicht auch die Tugend die Ihrigen haben? – Ich fühl' es zu sehr, schöne Lysistrata, als dass ich nicht wünschen sollte, dich davon überzeugen zu können.

Ich gab in diesem Augenblick nicht *mehr* auf meinen Mantel Acht, als die Dame vor einigen Augenblicken auf ihre *Tunika.* – Sie hatte ihre Augen halb geschlossen, und ihr mit Gewalt aus seinen Fesseln drängender Busen hätte mich selbst beinahe aus meiner Fassung gesetzt.

O reizende Lysistrata, rief ich, indem ich mich ihr mit einer Bewegung näherte, als ob ich mir kaum verwehren könne, sie zu umarmen, – warum kann ich dir nicht eine gelindere Denkungsart einflößen! Die strenge Tugend, von der du zu öffentlich Profession machst, – ich verehre sie, – sie zwingt mich dazu! – aber wie würd' ich dich lieben, wenn du fähig wärest, der armen Fremden den kleinen Fehler zu vergeben, der dir so anstößig gewesen ist! Wie bald könntest du das, wenn du nur selbst fähiger wärest, eine Schwachheit zu begehen!

»Ich verstehe dich in der Tat nicht, sagte sie; aber – du würdest mir einen Gefallen tun, wenn du mich allein lassen wolltest.«

Kannst du im Ernst einen so grausamen Gedanken haben? Sagte ich in einem tragischen Ton, indem ich eine ihrer Hände ergriff und mich vorwärts an den Rand ihres Ruhebettes setzte. –

Sie zog ihre Hand so unvorsichtig zurück, dass die Meinige, indem sie der Ihrigen folgte, auf einen Teil des besagten Busens zu liegen kam.

»Ich will nicht mit mir spielen lassen,« sagte sie.

Das ist es eben, was mich zur Verzweiflung treibt, rief ich: Ich möchte unsinnig werden, dass ich mich selbst in eine solche Gefahr wagte, da ich doch so viele Ursache hatte, mir von deiner *Tugend* die fürchterlichsten Begriffe zu machen!

Sie schwoll vor Wut auf, ohne zu wissen, wie sie mit Anständigkeit ausbrechen könne.

Du siehst, allzu reizende Lysistrata, wie viel mir noch fehlt, um so sehr *Satyr* zu sein, als ich aussehe. Aber gestehe mir, würdest du nicht selbst so gut betrogen worden sein als meine Fremde? –

Sie brach vor Zorn in Tränen aus.

Ich fühlte, dass ich schwach zu werden anfing, und stand auf.

In diesem Augenblick trat der Sklave herein, um der Dame etwas ins Ohr zu raunen. – So leise ich höre, so vernahm ich doch nichts als den Namen *Diophant*, – des Priesters, der nicht begreifen konnte, warum eine schöne Frau liebenswürdiger sein sollte als ihre Amme. Der Knabe eilte mit einem Befehl wieder fort, von dem ich nichts verstehen konnte. Ich hatte keinen andern Wink vonnöten. Ich hoffe, Lysistrata, sagte ich, dass ich dich mit der Gewissheit verlassen darf, dir eine bessere Meinung von mir und der schönen Fremden beigebracht zu haben. Der ehrwürdige Diophant kommt so gelegen, die Gemütsverfassung, worin ich dich verlasse, zu bearbeiten, dass es unbillig wäre, ihn nur einen Augenblick aufzuhalten. Lebe wohl, schöne Unerbittliche! – Und damit ging ich fort, ohne eines Blicks oder einer Antwort gewürdiget zu werden.

Ich begreife nicht, sagte Xeniades, wie du so viel Gewalt über dich haben konntest, eine Rache zu nehmen, die dir wenigstens so beschwerlich sein musste, als der Dame selbst.

Du kannst nicht glauben, Xeniades, wie herzlich ich diese Gleißnerinnen hasse! - so sehr, als ich Unschuld und wahre Tugend ehre. Die Begierde, sie die ganze Verachtung, die sie verdiente, fühlen zu lassen, machte mich zu allem fähig, ungeachtet ich dir gestehe, dass eine Art von *Gutherzigkeit* mir, da ich sie so schrecklich leiden sah, beinahe einen Streich gespielt hätte, den ich mir in meinem Leben nicht vergeben haben würde.

28.

Wer es nicht selbst, oder doch etwas Ähnliches erfahren hat, begreift nicht, was für ein Unterschied ist, nach dem Hafen zu gehen, weil man da zu tun hat, oder auch nichts zu tun hat, und nach dem Hafen gehen zu *müssen*, um sich für zehn Jahre auf eine Galeere schmieden zu lassen.

Ich selbst habe den Unterschied nie so lebhaft empfunden als dieser Tage, da ich auf einem meiner irrenden Spaziergänge in das Gehölze geriet, welches sich nicht weit von Neptuns Tempel längs dem Ufer hinzieht, und, wie ihr wisst, den *Nereiden* geheiligt ist.

Indem ich nichts weniger dachte, als auf eine alte Bekanntschaft in dieser wilden Gegend zu stoßen, erblickte ich einen Mann von ungefähr fünfunddreißig Jahren, übel gekleidet, ungekämmt, hager, blass, hohläugig, kurz, mit allen Attributen des Kummers und Elends, unter einen Baum hingeworfen. Er war im Begriff, mit einer Handvoll Wurzeln, die er eben ausgerauft hatte, und etlichen Stückchen in Wasser geweichtem Zwieback seine Abendmahlzeit zu halten. Ich glaubte den Mann zu kennen, und da ich näher kam, sah ich mit einigem Erstaunen, dass es *Bacchides* von *Athen* war, dem kurz zuvor, eh' ich diese Stadt zum letzten Mal verließ, ein Vermögen von wenigstens achthundert attischen Talenten von einem alten Wucherer, dessen einziger Sohn zu sein er das Unglück hatte, erblich zugefallen war.

Wie treff' ich hier den *glücklichen Bacchides* an? Und so allein, bei einer so frugalen Mahlzeit? - sagte ich.

»Glücklich! - Ach, Götter! Rief er seufzend, diese Zeit ist vorbei, Diogenes! - denn *der* bist du, wenn mich anders meine Augen nicht täuschen.«

Ich wünsche, dass sie dich nie *mehr* getäuscht haben mögen, versetzte ich.

»Du kommst sehr gelegen: Ich wollte dich aufsuchen; denn ich komme von Athen, mich in deine Schule zu begeben.«

So hast du eine vergebliche Reise gemacht; denn ich halte keine Schule.

»Ich werde also dein *erster* Schüler sein. Ich will von dir lernen, wie du es machst, um in diesem dürftigen Zustande, worin du schon so viele Jahre lebst, glücklich zu sein?«

Und wozu wolltest du diese Wissenschaft nützen?

»Wozu? – Ich dächte, mein bloßer Anblick sollte diese Frage beantworten.«

Ich sehe wohl, dass einige Veränderung in deinen Umständen vorgegangen sein muss.

»Eine sehr große, bei allen Göttern, eine sehr große! Du kanntest mich noch, da ich Häuser, Landgüter, Bergwerke, Fabriken, Schiffe, kurz, genug hatte, um mich von dem größten Teil meiner Mitbürger beneidet zu sehen –«

Ohne Zweifel hattest du auch Bildsäulen, Gemälde, persische Tapeten, goldene Trinkgefäße, schöne Sklaven, Tänzerinnen, Pantomimen –

»Die hatte ich, beim Jupiter! Die hatte ich, und besser als jemand zu Athen!«

Ich bedaur' es.

»Ich finde nichts dabei zu bedauern, als dass ich sie nicht mehr habe.«

Beides! Aber durch was für Unglücksfälle –

Ich will dir die Wahrheit gestehen, Diogenes, – auch ist es mein einziger Trost, dass ich meine Reichtümer doch *genossen* habe! – Keine Unglücksfälle, – Pracht, Aufwand, Feste, Gastmähler, Buhlerinnen, haben mein Vermögen aufgezehrt. Zehen glückliche Jahre – wie kann ich ohne Verzweiflung an das denken, was ich jetzt bin! – Zehen glückliche Jahre brachte ich ununterbrochen mit Komus und Bacchus und Amorn und der lachenden Venus und mit allen Göttern der Freude zu.«

Und diese freundlichen Götter halfen dir, in zehn Jahren ein Vermögen von achthundert Talenten zu verschlingen?

»Wenn es noch einmal so viel gewesen wäre, ich würde mit ihnen Mittel gefunden haben, es gegen *Freuden* und *Wolllüste* zu vertauschen. Ich gesteh' es, ich war ein unbesonnener Mensch; ich dachte nicht an die Zukunft.«

Und jetzt, da du gezwungen bist an sie zu denken, was sind deine Anschläge?

»Ich habe keine, Diogenes, ich weiß mir nicht zu helfen.«

Du wirst dir doch mit so vielem ausgeworfenen Gelde, so viel Festen und Gastmählern, Freunde gemacht haben?

»Freunde so viel du willst; aber seitdem ich nichts dergleichen mehr zu geben habe, kennt mich keiner mehr.«

Das hättest du in der *Akademie* - oder, weil du vermutlich kein Liebhaber von graubärtiger Gesellschaft warest, von zwanzig *ehemaligen* Glücklichen, welche sich bei dir eingefunden haben werden, lernen können, ohne es auf die eigne Erfahrung ankommen zu lassen. - Doch ich will die Vorwürfe, die du dir vermutlich selbst machst, nicht durch die Meinigen vermehren. Die Frage ist, was wir nun anfangen? Du würdest doch zufrieden sein, wenn dir irgendeine wohltätige Gottheit dein verlorenes Vermögen wieder gäbe?

»Welch eine Frage! - Leider! Kenne ich nur keine so freigebige Wesen.«

Du irrst, *Bacchides*; der *Fleiß* ist dieser *hilfreiche Gott*! Arbeit und Mäßigkeit sind ergiebige und unerschöpfliche Goldgruben, in denen der ärmste Sohn der Erde graben darf, soviel er will.

»Aber ich *mag* nicht *graben*, mein guter Diogenes; und wenn ich wollte, so *kann* ich nicht; alle Arten von Arbeiten wollen *gelernt* sein, und ich - ich habe nichts gelernt.«

Ich will zugeben, dass du keine Kunst verstehest, die dich nähren könnte; aber du hast Verstand, du kannst reden; - widme dich der *Republik*; bewirb dich um das Vertrauen der Athener -

»Du scherzest gar zu bitter, Diogenes! Wie wollte ich die Athener überreden können, ihre Sicherheit, ihre Wohlfahrt, ihre gemeinen Einkünfte, einem Menschen anzuvertrauen, der sein eignes Erbgut nicht zu erhalten gewusst hat?«

Es dürfte schwer halten.

»Zudem muss man eine Menge Dinge wissen, um die ich mich nie bekümmert habe, wenn man den Staatsmann machen will.«

In *deinen Umständen* wenigstens; ohne Vermögen ist freilich ordentlicherweise kein andres Mittel sich emporzuschwingen, als *Verdienst*. - Wir wollen diesen Vorschlag aufgeben. - Aber du kannst ja *Kriegsdienste* nehmen.«

»Als Gemeiner? - Lieber wollt' ich mich auf eine Ruderbank vermieten! Als Offizier? - Dazu gehört Geld oder Unterstützung oder persönliches Verdienst.«

Wohlan! Wenn dir von dem Allen nichts gefällt, so sind noch andre Auswege übrig. - Sie sind nicht so ehrenhaft; aber wo man so wenig Wahl hat - zum Beispiel, reiche Damen, die zu den Jahren gekommen sind, wo man den Werken der goldnen Venus entweder entsagen, oder seine Liebhaber erkaufen muss - Du schüttelst den Kopf?

»Ach Diogenes! Auch diesen armseligen Ausweg hab' ich mir gesperrt. - Die Damen, von denen du sprichst, fordern viel; - du kannst dir doch einbilden, dass ein Mensch, der in zehn Jahren achthundert Talente durchgebracht hat, zu keinem solchen Amte taugt -«

O, die Vorteile des Reichtums! - Ich gestehe dir, ich bin am Ende meiner Anschläge.

»Du hast das alles nicht nötig, wenn du mich lehren willst, wie *Du* es machst, um in ebenso dürftigen Umständen als die Meinigen, so glücklich zu sein, wie du es wenigstens zu sein scheinest.«

Ich bin es in der Tat; aber lass dir sagen, dass du irrest, wenn du mich in dürftigen Umständen glaubst. Hierin betrügt dich der Schein. Ich bin *reich*, mein guter Bacchides! - reicher, denk' ich, als der König von Persien - denn ich bedarf so wenig, dass ich das, was ich bedarf, allenthalben finde, und ich werde nicht gewahr, dass mir etwas mangle. Diese Begnügsamkeit erhält mich so gesund und stark wie du mich siehest. Nicht selten reiß' ich, aus Mitleiden, oder um mir Bewegung zu machen, dem schwitzenden Sklaven die Mühle aus der Hand, und mahle für ihn.

»Sonderbarer Mann!« - rief Bacchides aus.

Du glaubst nicht, Bacchides, wie viel darauf ankommt, dass das Instrument, worauf unsre Seele spielen soll, wohl gestimmt sei. Gesund am Leibe, gesund am Gemüte, gesund im Kopfe, - etliche Grane Narrheit ausgenommen, um die ich mich nicht desto schlimmer befinde, - ohne Sorgen, ohne Leidenschaften, ohne beschwerliche Verbindungen, ohne Abhängigkeiten, wie sollt' ich nicht glücklich sein? Ist nicht die ganze Natur mein, insofern ich sie genieße? Welch eine Quelle von Genuss liegt nur allein *im sympathetischen Gefühle*! - Ich besorge du kennest diese Quelle nicht, Bacchides! - Und zu allem dem hab' ich einen *Freund*.

»Indessen lebst du doch von Bohnen und Wurzeln, bist in Sacktuch gekleidet, und wohnest, wie man sagt, in einem Fasse -«

Wenn du mir Gesellschaft leisten willst, so werden wir in meinem Sommerhause wohnen; es liegt nicht weit von hier am Ufer, und hat die prächtigste Aussicht von der Welt; denn für unser zwei ist meine Tonne zu enge. Es ist zwar in der Tat nur eine Art von Höhle, von der Natur selbst ausgegraben; aber ich habe alle nötige Bequemlichkeiten darin, dürre Baumblätter zum Lager und einen breiten glatten Stein zum Tische.

»Ich nehme dein Anbieten an, in der Hoffnung, dass du großmütig genug sein werdest, einem Unglücklichen das *Geheimnis* nicht zu versagen, das du besitzen musst, um dir einbilden zu können, dass du reich und glücklich seist.«

Ich konnte mich des Lachens nicht erwehren. - Du sprichst ja, als ob du dir einbildest, ich trage *Amulette* oder *magische* Zeichen bei mir, welche diese Kraft hätten. Um dir nicht zu schmeicheln, Bacchides, mein Geheimnis ist das einfältigste Ding von der Welt, aber es lässt sich nicht mitteilen. Meine Grundsätze lassen sich freilich lehren: Aber *um ihre Wahrheit zu fühlen*, wie ich sie fühle, und so *glücklich* durch sie zu sein wie ich, muss uns die *Natur* gewisse *Anlage* gegeben haben, - die du vielleicht *nicht* hast. - Doch machen wir immer eine kleine Probe! Gefällt es dir bei mir; gut - wo nicht, so wird und der Zufall etwa einen andern Ausweg zeigen.

29.

Hilf mir lachen, guter *Xeniades*; ich habe auf einmahl meinen Gast und einen Schüler verloren.

Die erste Nacht, die er in meiner Grotte zubrachte, konnt' er keinen Schlaf finden; und doch hatte der homerische Ulysses selbst, da er an die Fäakische Küste geworfen wurde, kein besseres Nachtlager, als ich ihm zubereitete. Man merkte wohl, dass der Mensch auf weichen Polstern und Schwanenfellen zu liegen gewohnt war. - Eine Nachtigall sang zum Entzücken nicht weit von unsrer Höhle. Höre, sagte ich, die freundliche Sängerin, welch ein schönes Schlaflied sie uns singt! - Er hörte nichts oder er fühlte doch nichts bei dem, was er hörte.

Des folgenden Morgens nahmen wir ein leichtes Frühstück von Brombeeren, die wir im Gebüsche pflückten; ich gab ihm ein wenig Brot aus meiner Tasche dazu. Er fand mein Frühstück in der Tat sehr leicht und dachte mit Seufzen an die Mahlzeiten seines glücklichen Zustandes und an die wenige Wahrscheinlichkeit, auf den Abend eine bessere zu finden, als sein Frühstück war.

Ich fing an mit ihm zu philosophieren; ich bewies ihm, dass ein Mensch in seinen jetzigen Umständen der glücklichste von der Welt sein könne, sobald er wolle. Er schien mir aufmerksam zuzuhören, er fand meine

Gründe unwidersprechlich, aber sie überzeugten ihn nicht. Unter diesen Reden kamen wir an einen Ort, wo ihm Gegenstände in die Augen fielen, die ihn ganz anders interessierten als meine Philosophie.

Unweit meiner Höhle hat ein alter Fischer seine Hütte. Er hat drei junge Töchter, welche meinem Athener (einem feinen Kenner schöner Formen) in ihrem schlechten Anzuge merkwürdig genug vorkamen, um sie näher in Augenschein zu nehmen. Die Mädchen saßen vor der Hütte unter einem Baum und strickten Netze. Bacchides fand, dass die eine so schöne Arme wie Juno, die andre einen Wuchs wie eine Nymphe, und die dritte ein Paar vielversprechende Augen hatte. Ich hatte noch nie darauf achtgegeben.

Du lächelst, Xeniades! Hab' ich dir jemals eine Schwachheit, die ich hatte, verborgen? – Der alte Fischer hat auch eine *Frau,* die Mutter dieser Mädchen, welche sich, im Notfall, nicht übel schicken würde, eine *Dämäter* vorzustellen; aber damals war sie nicht zugegen.

Auf den Abend nötigte mich *Bacchides,* ihn in die Stadt zu führen. Er schien mit der Scharfsichtigkeit eines Habichts auf Beobachtungen auszugehen; aber er sagte mir nichts von denen die er machte. Eh' ich mirs versah, verlor ich ihn von meiner Seite. Eine Weile darauf sah ich ihn mit einem Sklaven reden. Er flog zu mir, wie er mich wieder gewahr wurde. Ich habe einen Fund gemacht, rief er mir mit einem Ausdruck von Freude und Hoffnung zu, der wieder Leben und Farbe in sein Gesicht brachte. – Und was ist das für ein Fund, fragte ich. – Ein junger Mensch, sagte er, der das Vergnügen liebt, oder, was eben so viel sagt, der ein junger Mensch ist, will sich diesen Abend mit seinen Freunden in geheim ergetzen; und sein Vater, ein reicher Filz, soll nichts davon wissen. Er hat einen vertrauten Sklaven ausgeschickt, ihm einen bequemen Ort ausfindig zu machen; aber alle, die in den Vorschlag kamen, hatten ihre Schwierigkeiten.

Ich sagte dem Sklaven, ich wisse eine vortreffliche Gelegenheit; und nun geht er es seinem Herrn zu melden, welcher mich ohne Zweifel zu sich bitten lassen wird.

Du bist erst vierundzwanzig Stunden hier, rief ich, und kennest die Gelegenheit schon! Darf ich fragen –

Warum nicht? Fiel er mir ins Wort: ich hoffe du wirst nicht so albern sein, eine Gelegenheit, satt zu werden und dich zu belustigen, fliehen zu wollen. Die Hütte unsers *Fischers* ist groß genug zu unserm Vorhaben. Der alte Mann ist weggegangen, seine Fische ich weiß nicht wo zu verkaufen. Das Mädchen mit den versprechenden Augen sagte mir ins Ohr, er würde erst übermorgen wieder kommen.

Und wo sprachst du sie? Fragte ich.

»Ich fand einen Augenblick dazu, da du auf deiner Streu ein wenig Mittagsruhe hieltest. Die Mädchen sind so lebhaft wie das Element an dem sie geboren wurden, wahre Nymphen! Von der gefälligsten Art, denk' ich; und die Mutter scheint der Freude auch noch nicht entsagt zu haben.«

Du bist ein guter Beobachter, Bacchides, sagte ich; und nun haben wir auf einmahl *dein Talent* gefunden. *Gelegenheit machen* ist an einem Orte wie Korinth kein unergiebiges Handwerk, und wirklich das Einzige, das einem Manne von deiner Art übrig bleibt. Ich sehe, dass du meiner nun weiter nicht bedarfst; ich werde dich den Weg, den du gehen willst, allein machen lassen. - Gehabe dich wohl, Bacchides! - Aber kaum kann ich dir verzeihen, dass du mich durch deine neu angesponnene Intrige um mein *Sommerhaus* bringst. Es hatte eine so schöne Lage! - Nun werd' ich es nicht mehr sehen; denn nicht alles, was dem Bacchides anständig sein mag, geziemt dem Diogenes.

30.

Ja, *Philomedon*, ich behaupte es: Der elendeste Wasserträger in Korinth ist ein schätzbarer Mann als du! - Du wirst mir meine Freiheit vergeben, - oder wenn du böse darüber würdest, so wirst du mir doch erlauben, dass ich - nichts darnach frage.

»Das wollen wir sehen,« sagte Philomedon mit trotziger Miene.

Ich habe so wenig zu verlieren, junger Mann, dass es nicht der Mühe wert wäre, mich vor jemand zu fürchten. - Phy, wer wollte böse darüber werden, wenn man ihm die Wahrheit sagt! -

»Unverschämter Geselle!« -

Du scherzest, Philomedon: die Wahrheit von dem, was ich sage, fällt so stark in die Augen, dass dich alle deine Eigenliebe nicht blind genug machen kann, sie nicht zu sehen. Der Wasserträger, so ein armer schlechter Kerl er ist, nützt doch dem gemeinen Wesen; aber wozu nützest *Du*? - Komm, keinen kindischen Trotz! Wir wollen freundschaftlich von der Sache sprechen. - Du verzehrst alle Jahre zwanzig Talente, das beträgt beinahe fünfhundert Drachmen auf jeden Tag.

»Und es verdrießt dich, dass du es nicht auch so machen kannst, Diogenes, nicht wahr? Du könntest wenigstens mein Tischgenosse sein, wenn du wolltest; aber dazu bist du zu stolz.«

Nicht eben zu stolz, Philomedon, aber zu *bequem*. Seitdem ich die Beschwerlichkeiten der Sklaverei gekostet habe, wollt' ich das Glück mein eigner Herr zu sein, nicht gegen alle Schätze Asiens vertauschen.

»Gerade so denk' ich auch, Diogenes. Ich bin reich; ich genieße meines Reichtums, und andre genießen ihn mit mir. Er verschafft mir Ansehen, oft auch Einfluss. Ich habe nicht nötig erst zu erwerben, was mir das Glück freiwillig zugeworfen hat. Warum sollt' ich nicht ebenso gut mein eigner Herr sein dürfen als du?«

Der Schluss von mir auf dich geht nicht an; der Unterschied ist zu groß zwischen uns. Du ziehest jährlich zwanzig attische Talente aus dem Staate; ich nichts.

»Ich ziehe meine Einkünfte nicht vom Staate; sie sind mein Eigentum.«

Beides geht miteinander. Sie sind dein Eigentum, es ist wahr; aber nur kraft des Vertrags, welcher zwischen den Stiftern der Republik getroffen worden, da sie die erste Güterteilung vornahmen. Deine Vorfahren bekamen ihren Antheil unter der Bedingung, dass sie so viel, als in ihren Kräften wäre, zum Besten des Staates beitragen sollten. Dieser Vertrag dauert noch immer fort. Wer Vorteile aus dem Staate zieht, ist ihm auch Dienste schuldig.

»Ziehest du etwa keine Vorteile aus dem Staate?«

Welche zum Exempel?

»Du lebst doch, und man lebt nicht von Luft. Du gehst frei und sicher unter dem Schutze der Gesetze herum. – Rechnest du das für nichts?«

Es ist etwas, Philomedon; aber es ist doch nicht mehr als mir die Korinther schlechterdings *schuldig* sind. Das wenigste, was ich nach dem Gesetze der Natur an sie zu fordern habe, ist, *dass sie mich ungekränkt leben lassen*, wenigstens so lang' ich ihnen nichts Böses zufüge.

»Warum sollten sie das mir nicht ebenso schuldig sein als dir, ohne dass ich ihnen mehr Dienste zu tun brauchen als du?«

Sie sind es auch; aber du würdest übel zufrieden sein, wenn sie dich damit abfertigen wollten. Du forderst noch gar viel mehr von ihnen. Andre müssen deine Felder bauen, andre deine Herden hüten, andre in deinen Fabriken arbeiten, andre die Kleider weben, die du anziehst, oder die Teppiche, womit du deine Zimmer belegst, andre deine Speisen bereiten, andre den Wein pflanzen, den du trinkst; kurz, alles was du nötig hast, – und wie viele Bedürfnisse hast du nicht! – das müssen dir andre verschaffen: Du allein legst dich hin und tust nichts, nichts auf der Welt als essen, trinken, tanzen, küssen, schlafen, und dir aufwarten lassen; und dies alles kraft deiner zwanzig attischen Talente, an die du kein andres Recht hast, als was dir *der gesellschaftliche Vertrag* und die daher fließenden bürgerlichen Gesetze geben; ein Recht, welches, wie ich sagte, gewisse Pflichten von deiner Seite voraussetzt, deren Beschaffenheit du vermutlich in deinem ganzen Leben nie so ernsthaft in Überlegung genommen hast, als den Küchenzettel, über den du dich alle Morgen mit deinem Hausmeister beratschlagst.

»Mich deucht, Diogenes, du vergissest, dass alles, was mir andre tun, entweder durch Sklaven geschieht, die ich dafür ernähre, oder durch Freiwillige, die ich dafür bezahle?«

Das wickelt dich noch lange nicht heraus, mein guter Philomedon. – Wer gibt dir ein Recht, Menschen, welche *von Natur* deines gleichen sind, als dein Eigentum anzusehen? – »*Die Gesetze,*« wirst du sagen; – aber gewiss nicht das Gesetz der Natur, sondern Gesetze, welche ihre Verbindlichkeit eben demjenigen ausdrücklichen oder stillschweigenden Vertrage zu danken haben, auf den sich die ganze bürgerliche Verfassung stützet. Denn was anders als diese nötigt deine *Sklaven* zu einem Gehorsam, den sie dir bald aufkündigen würden, wenn sie nicht durch eine so furchtbare Macht im Zaum gehalten würden? – Und kannst du dir einbilden, dass unter allen den *Freigebornen,* welche dir um Belohnung arbeiten, nur ein einziger sei, der dessen nicht lieber überhoben wäre, wenn ihn nicht dringende Bedürfnisse, oder die Begierde sich zu bereichern, zu deinem freiwilligen Sklaven machten? Meinst du nicht, die meisten, anstatt durch die beschwerliche Arbeit etlicher Tage dir kaum den zehntausendsten Teil deiner Einkünfte abzuverdienen, würden weit lieber, an deinem Platze, zwischen der lächelnden Venus und dem Bacchus, dem Geber der Freuden, auf einem wollüstigen Ruhebette liegen, und für die zwanzig Talente, welche sie jährlich ohne die geringste Mühe einzunehmen hätten, – (denn auch diese überträgst du deinem Verwalter) – zehntausend andre Menschen für sich arbeiten lassen? – Ja, es ist kein Zweifel, dass die meisten, wenn sie dürften, die ganz einfältige Überlegung machen würden, sie könnten sich diese Mühe ersparen, wenn ihrer etliche zusammenträten, und sich deines Vermögens mit Gewalt bemächtigen. Was anders sichert dich gegen diese Gefahr als die bürgerliche Polizei und der Schutz der Gesetze, von deren Handhabung die ganze Gültigkeit des Vertrags, *ich arbeite dir, damit du mich bezahlst,* abhängt?

Und gesetzt auch, du hättest keine Gewalt zu besorgen, so würden eben diese Leute, von denen du, gegen einen kleinen Teil deines Geldes, Notwendigkeiten, Bequemlichkeiten und Wolllüste eintauschest, dir ihre Waren oder ihre Arbeit in einem so übermäßigen Preise verkaufen, dass deine zwanzig Talente kaum für die Bedürfnisse einer Woche zureichten, – wenn es nicht abermal eine Wirkung der Polizei wäre, dass die Preise der Arbeiten und Waren nicht von der Willkür der Arbeiter und Verkäufer abhangen.

Gestehe also, Philomedon, dass du von der bürgerlichen Gesellschaft, wovon du ein Mitglied bist, so große und wesentliche Vorteile ziehest, dass dir ohne sie alles Gold des Königs Midas wenig helfen würde. Ist aber dieses richtig, so brauchen wir weiter keinen Beweis, dass der erste beste Lastträger zu Korinth mehr Verdienste hat als du. Denn für den dürftigen Unterhalt, den ihm die Gesellschaft reicht, arbeitet er zu ihrem Dienste. Du hingegen, dem sie zwanzig Talente jährlich zu verzehren gibt, tust nichts für sie; oder wenigstens ist dein ganzes Verdienst um den Staat *das Verdienst einer Hummel,* welche den besten Teil des Honigs, den die arbeitenden Bienen mühsam zusammentragen, verzehrt, ohne etwas anders dafür zu tun, als dem Staate junge Einwohner zu verschaffen; – und erlaube mir zu sagen, dass du auch dieses nicht tun würdest, wenn der Reiz des Vergnügens nicht mächtiger auf dich wirkte, als das Gefühl deiner Pflichten gegen die Gesellschaft.

Lass uns noch einen Fall setzen, Philomedon, der so möglich ist, dass wir in der Tat keine Stunde sicher sind, ihn nicht vorkommen zu sehen. – Zehntausend Menschen haben unstreitig neunzehntausendundachthundert *Arme* mehr als hundert Menschen. Nun ist nichts gewisser, als dass gegen jedes Hundert deines gleichen in ganz Achaja wenigstens zehntausend sind, welche bei einer Staatsveränderung mehr zu gewinnen als zu verlieren hätten. Gesetzt also, diese zehntausend ließen sich einmal einfallen, die Anzahl ihrer Arme auszurechnen, und das Fazit ihrer Rechnung wäre, dass sie sich ihrer Übermacht bedienten, euch Reiche aus euren Gütern hinaus zu werfen, und eine neue Teilung vorzunehmen? Sobald der Staat ein Ende hat, fängt der Stand der Natur wieder an, alles fällt in die ursprüngliche Gleichheit zurück, und – kurz, du würdest keinen größeren Anteil bekommen, als der ehrliche Handwerksmann, der deine Füße bekleidet. Dieser einzige kleine Umstand würde dich in die Notwendigkeit setzen, entweder zu arbeiten, oder –

von so wenigem zu leben als Diogenes; und vermutlich würde dir das eine so fremd vorkommen als das andere.

Es ist wahr, ich habe einen Fall gesetzt, der, so möglich er ist, dennoch aus vielen Ursachen nicht sehr zu besorgen scheint. Aber gibt es nicht noch viele andere Zufälle, die dich um dein Vermögen bringen können? Sehen wir nicht alle Tage Beispiele von dergleichen Veränderungen? Und wie wolltest du dir in einem solchen Falle helfen?

Es ist also klar, dass deine Unnützlichkeit ein ebenso großes Übel für dich selbst, als sie eine Ungerechtigkeit gegen den Staat ist, dem du für die Vorteile, die er dir gewährt, verhältnismäßige Dienste schuldig bleibst, ohne dich zu bekümmern, wie du deine Schuld bezahlen wollest; – kurz, wir mögen die Sache wenden, auf welche Seite wir wollen, so fällt die Vergleichung zwischen dir und dem Wasserträger immer zugunsten des letztern aus.

31.

»Bei allem dem, Diogenes, würdest du schwerlich lieber Wasserträger als Philomedon sein wollen?«

Wenn ich dir die Wahrheit sagen soll, so möcht' ich weder das eine noch das andere sein.

»Aber, weil du doch so viel von der Gleichheit hältst, warum forderst du von mir so viel, und von dir selbst gar nichts? – Ich sehe nicht, womit Du dem Staate dientest; du treibst weder Kunst, noch Gewerbe, noch Wissenschaft, du bauest und pflanzest nicht, du verwaltest kein Amt, du tust nichts, nicht einmahl das, was du mir noch endlich zugestanden hast; du bist nicht einmahl eine Hummel im gemeinen Wesen. Womit willst du *deine* Unnützlichkeit rechtfertigen?«

Man ist niemanden mehr schuldig, als man von ihm fordert. Ich fordre von den Korinthern und von allen Griechen und Barbaren zusammengenommen nichts mehr, als, wie ich dir schon sagte, dass sie mich *leben lassen*. Ich bin ihnen also auch nichts weiter schuldig. Ich besitze keine Güter, ich habe keine Einkünfte, ich bedarf keines Schutzes; ich sehe also nicht, was Korinth oder irgendeine andere Partikulargesellschaft in der Welt an mich zu fordern haben sollte.

»Wenigstens hat Sinope, deine Vaterstadt, ein vorzügliches Recht an deine Dienste. –«

Gerade so viel als Babylon oder Karthago. – Da die Natur einmal wollte, dass ich geboren werden sollte, so musst' ich *irgendwo* geboren werden; der Ort selbst war dabei gleichgültig. Die Herren von Sinope wären sehr unhöflich gewesen, wenn sie meiner Mutter, die eine ehrliche hübsche Frau war, die Freiheit hätten versagen wollen, sich meiner in ihren Mauern zu entladen.

»Aber du wurdest doch zu Sinope *erzogen*. – Ist die Erziehung kein Vorteil? –«

Wenn sie gut ist; ich kann mich der Meinigen nicht sonderlich rühmen. Meine eigentliche Erziehung empfing ich zu Athen vom *Antisthenes*, ohne dass ich den Athenern desto mehr Dank dafür schuldig bin; denn er hatte nicht mehr von ihnen als ich von den Korinthern. Das Übrige, und, die Wahrheit zu sagen, das Beste hab' ich meiner Erfahrung und mir selbst zu danken.

»Aber waren nicht deine Voreltern Sinopier? Warum sollte das Vaterland kein Vorrecht an seine Bürger haben?«

An seine *Bürger*? Unstreitig! – Aber die Geburt macht mich zu keinem Bürger eines besondern Staats, wenn ich es nicht sein *will*. Frey, unabhängig, gleich an Rechten und Pflichten, setzt die Natur ihre Kinder auf die Welt, ohne irgendeine andere Verbindung als das *natürliche Band* mit denen, durch die sie uns das Leben gab, und das *sympathetische*, wodurch sie Menschen zu Menschen zieht. Die bürgerlichen Verhältnisse meiner Eltern können mich meines Naturrechts nicht berauben. Niemand ist befugt, mich zu zwingen, dass ich mich desselben begeben soll, solange ich keine Ansprüche an die Vorteile einer besondern Gesellschaft mache. Kurz, es hängt von meiner *Wahl* ab, ob ich als Bürger irgendeines einzelnen Staates, oder als *Weltbürger* leben will.

»Und was nennst du einen Weltbürger?«

Einen Menschen, wie ich bin, – der, ohne mit irgendeiner besondern Gesellschaft in Verbindung zu stehen, den Erdboden für sein Vaterland, und alle Geschöpfe seiner Gattung – gleichgültig gegen den zufälligen Unterschied, welchen Lage, Luft, Lebensart, Sprache, Sitten, Polizei und Privatinteresse unter ihnen machen – als seine Mitbürger oder vielmehr als seine *Brüder* ansieht, die ein angeborenes Recht an seine *Hülfe* haben, wenn sie leiden, an sein *Mitleiden*, wenn er ihnen nicht helfen kann, an seine *Zurechtweisung*, wenn er sie irren sieht, an seine *Mitfreude*, wenn sie sich ihres Daseins freuen.

Vorurteile, ausschließende Neigungen, gewinnsüchtige Absichten, als in ihren eigenen Wirbel hinein ziehende Leidenschaften sind die gewöhnlichen Triebwerke unsrer Handlungen, solange wir uns bloß als

Glieder irgendeiner besondern Gesellschaft ansehen, und unsre Glückseligkeit von der Meinung, welche sie von uns hat, abhängig machen. Sogar was man in diesen besondern Gesellschaften *Tugend* nennt, ist *vor dem Richterstuhl der Natur* oft nur ein schimmerndes Laster; und derjenige, dem Athen oder Sparta Ehrensäulen setzt, wird vielleicht in den Jahrbüchern von Argos oder Megara als ein ungerechter und gewalttätiger Mann dem Abscheu der Nachwelt übergeben.

Der *Weltbürger* allein ist einer reinen, unparteiischen, durch keine unechte Zusätze verfälschten Zuneigung zu allen Menschen fähig. Ungeschwächt durch Privatneigung schlägt sein warmes Herz desto stärker bei jeder Aufforderung zu einer Handlung der Menschlichkeit und Güte. Seine Zuneigung, seine Empfindlichkeit breitet sich über die ganze Natur aus. Mit einer Art von zärtlichem Gefühl sieht er die Quelle an, die seinen Durst löschet, und den Baum, in dessen Schatten er liegt; und der erste der sich zu ihm hinsetzt, käm' er von den Garamanten her, ist sein *Landsmann*, - und, wofern sein Herz ihn liebenswürdig macht, sein *Freund*.

Diese Art zu denken und zu empfinden hält ihn reichlich für die Vorteile schadlos, die er dadurch entbehrt, dass er sich nicht in die Leidenschaften und Absichten einer besondern Gesellschaft einflechten lässt.

Da er sich angewöhnt hat, außer dem Notwendigen was die Natur bedarf, alles Übrige, was Gemächlichkeit und Üppigkeit den Günstlingen des Glücks zu unentbehrlichen Notwendigkeiten gemacht hat, entbehrlich zu finden, so hat er keine Mühe, allenthalben zu leben, ohne jemanden beschwerlich zu sein. Im Notfall verschafft ihm die Arbeit eines Tages den Unterhalt einer ganzen Woche; und die Korinther oder Athener werden nie so unfreundlich sein, einem harmlosen Menschen, der niemandem im Wege steht, eine Hütte, oder wenigstens einen hohlen Baum, zur Wohnung zu versagen.

Übrigens ist ein Weltbürger, wie ich ihn schildre, kein so unnützlicher Mann, als man sich gemeiniglich einbildet. Es ist eure eigene Schuld, wenn ihr keinen Gebrauch von ihm macht. Er hat keine Vorteile davon auch zu schmeicheln, euch auf Abwege zu verleiten, euch in euern Torheiten zu bestärken; er gewinnt nichts durch euern Fall; wer sollte sich also besser dazu schicken, euch die Wahrheit zu sagen, deren ihr am meisten vonnöten habt? Und das wäre doch oft (wenn ihr klug genug wäret, guten Rat anzunehmen) der wichtigste Dienst, den man euch leisten könnte.

Zum Beispiel, damit du deine Stunde nicht ganz bei mir verloren habest, hätte ich gute Lust, Philomedon, dir eine kleine Lehre mit nach Hause zu geben, welche - wenigstens zehn Talente wert ist; und von mir könntest du sie umsonst haben.

»Lass hören, Diogenes!«

Du bist höchstens fünfunddreißig Jahre auf der Welt, Philomedon; du bist also noch nicht zu alt, um ein rechtschaffener Mann zu werden. Danke die schlechten Gesellen ab, die alles bewundern, was du sagst, und alles gut heißen, was du tust, um sich alle Wochen zwei- oder dreimal satt bei dir zu essen. Wende nur den sechsten Teil des Tages dazu an, dir die Kenntnisse zu erwerben, wodurch du dich dem gemeinen Wesen nützlich machen könntest. Da du einer der reichsten Bürger bist, so ist dir mehr als tausend andern daran gelegen, dass es dem Staat wohl gehe, aus dem du so große Vorteile ziehst. - Oder trauest du deinem Kopfe nicht so viel zu, so bedenke, dass die Natur, welche ihre übrigen Gaben, Schönheit, Stärke, Witz, Genie, austeilt wie und wem sie will, - die *Güte des Herzens* in unsre eigene Gewalt gegeben hat. Ein wohltätiger Gebrauch deines Reichtums - und Gelegenheiten dazu wirst du nur zu häufig finden - würde dir die Herzen deiner Mitbürger gewinnen, und deine Erhaltung zum Gegenstande der allgemeinen Wünsche machen. Wer wollte sich noch lange besinnen, ob er einen so großen Vorteil um eine arme Handvoll Goldes erkaufen wollte? -

Ob Philomedon diese guten Lehren des wohlmeinenden Zynikers zu Herzen genommen? - Wir lesen nichts davon; es ist möglich, aber nicht zu vermuten.

32.

Ein weiser Mann, liebe Leute, ist nichts weniger als ein *Hasser der Freude*. - Schickt die finstern, hohläugigen, milzsüchtigen Gesellen, welche das Gegenteil sagen, dem *Demokritus* oder den Söhnen des *Hippokrates* zu! - Wie haben keine Widerlegung, Nieswurz und blutreinigende Tränke haben sie vonnöten.

Warum sollten wir die *Freude* hassen? Was haben uns die Götter bessers gegeben? Und warum haben sie uns überhaupt dieses vorüberrauschende Dasein gegeben? - Wenn ihre Meinung nicht war, dass wir uns dessen miteinander erfreuen sollten, so hätten sie uns (aufrichtig zu reden) ein sehr gleichgültiges Geschenk gemacht.

Weisheit! Tugend! - ehrwürdige Namen, die so wenig Bedeutung auf den Lippen der meisten haben! - was seid ihr anders, als *du*, der sicherste Weg zur Freude? Und *du*, die beste Art ihrer zu genießen?

Was fordert die strengste Pflicht von der Obrigkeit eines Staats - als dass sie für das Wohl ihres Volks arbeite? Und wenn sie glücklich genug ist, ihm Sicherheit und Friede verschaffen zu können; wenn sie den Fleiß und die Künste aufmuntert, die Gewerbe befördert, die Wissenschaften ehrt, die Verdienste belohnt; wenn sie durch weise Anstalten für die Bildung derjenigen sorgt, in denen der aussterbende Staat wieder aufleben soll; wenn sie für die Gesundheit des Volks Sorge trägt; wenn sie in Zeiten des Überflusses dem künftigen Mangel zuvorkommt; wenn sie rechtschaffene Leute zu Handhabern der Gesetze und zu Beamten bestellt; wenn sie Vernunft, Sitten, Geschmack und Geselligkeit allgemein zu machen bemüht ist; - kurz, wenn sie nichts unterlässt, was ein wahrer Vater des Vaterlandes tun *kann*, und tun *soll*; - und wenn sie Weisheit, Macht, guten Willen und Glück genug hätte, alles dieses in dem höchsten Grade der Vollkommenheit, der sich denken lässt, auszuführen, - das ist, wenn es ihr möglich wäre, *alles Übel* von ihren Kindern zu entfernen, und ihnen den Genuss *alles Guten* zu verschaffen, welches die Götter überhaupt den Sterblichen zugemessen haben: - was hätte diese Obrigkeit anders getan, als etliche Hunderttausend oder Millionen Menschen in einen Zustand gesetzt, *worin sie des Lebens froh werden könnten*?

Jede *öffentliche* oder *Privattugend* hat zum Gegenstand etwas Gutes zu befördern, oder etwas Böses zu verhindern oder zu vergüten; - und analysiert ihr dieses *Böse* und *Gute*, so löset sich immer jenes in *Schmerz* und dieses in *Vergnügen* auf.

Warum schwitzt der emsige Hausvater, mit schwerer Mühe, ganze Wochen durch über seiner Arbeit? - Um sich an einem festlichen Tage mit seinen Hausgenossen der *Freude* zu überlassen.

Der müde Tagelöhner versingt aus voller Brust das Gefühl seines mühseligen Lebens. Mit einer Wollust, die den Lieblingen des Plutus unbekannt ist, öffnet er, unter einen schattigen Baum hingeworfen, seinen sonnegeschwärzten Busen dem kühlenden Zephir, und wenn ihn unverhofft das braune Grasmädchen beschleicht, vergessen beide - unter unschuldigern Scherzen vielleicht, als die Eurigen sind, ihr Meister der feinsten Lebensart! - dass es Leute in der Welt gibt, welche glücklicher *scheinen* als *sie* sich in diesen Augenblicken *fühlen*.

Der *Nepenthe*, mit dem wir ein süßes Vergessen alles gegenwärtigen Kummers, alles vergangenen Leides, alles Sorgen der Zukunft einschlürfen, ist die *Freude*.

Wie unglücklich würden neunundneunzig von hundert Teilen des menschlichen Geschlechts sein, wenn die mitleidige Natur nicht von Zeit zu Zeit etliche Tropfen aus diesem ihrem Zauberbecher auf die Beschwerden ihres Lebens fallen ließe!

Wir Griechen sind so sehr davon überzeugt, dass *Freude* das höchste Gut der Sterblichen ist, dass wir uns, so oft einer dem andern begegnet, nichts bessers zu wünschen wissen als *Freude*.

Was ist also der Mann, der nicht leiden will, dass wir dieser wohltätigen Göttin opfern? – Er ist *krank*, wie ich sagte, oder – er ist noch was ärgers – ein Schurke.

Wenn ich einem Fürsten zu raten hätte, so würd' ich ihm nichts eifriger empfehlen, als – *sein Volk in gute Laune zu setzen*. Kurzsichtige Leute sehen nicht, wie viel auf diesen einzigen Umstand ankommt.

Ein fröhliches Volk tut alles, was es zu tun hat, muntrer und mit besserm Willen als – *ein dummes* oder *schwermütiges*; und (unter uns gesagt, ihr Hirten der Völker!) *es leidet zwanzigmal mehr als ein andres*; Eure Majestäten dürfen es kühnlich auf die Probe ankommen lassen.

Wenn die Athener bei guter Laune sind, so vergessen sie über einer Komödie, einer neuen Tänzerin, einem neuen fröhlichen Liedchen, den Verdruss über eine verlorne Schlacht oder die schlimme Verwaltung ihrer öffentlichen Einkünfte. *Alcibiades* machte mit ihnen, was er wollte, weil er das Geheimnis besaß, ihnen alle Augenblicke wieder einen Spaß zu machen, über dem sie das Böse vergaßen, das er ihnen zufügte. Drückt uns immerhin ein wenig, – wir würden es an euerm Platze ebenso machen; – aber *empört unsre Geduld nicht*, indem ihr uns verbietet, einen Teil unsrer Plagen wegzuscherzen. Das hieße, ohne den mindesten Vorteil auf euerer Seite, unsere Last verdoppeln, – und das wäre, um ihm den gelindesten Namen zu geben, sehr *unfreundlich*.

Ein fröhliches Volk, ein Volk, das für Witz und lachenden Scherz empfänglich ist, lässt sich viel leichter regieren als ein schwerfälliges, und ist unendliche Mal weniger zu Unruhen, Widersetzlichkeit und Staatsveränderungen geneigt. Religions-Schwärmerei und politische Schwärmerei, diese Ungeheuer, welche die schrecklichsten Katastrophen zu verursachen fähig sind, finden bei einem fröhlichen Volke keinen Zugang offen, oder verlieren bei ihm alle ihre Macht zu schaden. Steigt in irgendeinem trüben Kopfe eine menschenfeindliche Grille auf, so scherzt und spottet man sie weg, und sie wird vergessen. Eben diese Grille würde unter einem milzsüchtigen Volke, bei einem mäßigen Zusammenflusse befördernder Umstände, die Gemüter in allgemeine Gärung gebracht, Unruhen und Spaltungen erweckt, die Verfassung des Staats in Gefahr gesetzt, und wenigstens ein halbes Dutzend der besten Köpfe gekostet haben!

»Es ist ein schlimmes Zeichen, sagte der alte *Demokritus*, wenn die Tugend unter einem Volke ein gravitätisches und aufgedunsenes Ansehen gewinnt. Irgendein feindseliger Dämon schwebt mit unglücksbeladenen Flügeln über ihm. Ich bin kein *Tiresias*, setzte er hinzu; aber ich weissage einem solchen Volke mit der zuversichtlichsten Überzeugung, dass mich die Zukunft keiner Lügen strafen wird: Dumm und barbarisch wirst du werden, armes Volk! Trebern und Distelköpfe wirst du fressen, und Dinge leiden müssen, vor denen Natur und Vernunft sich entsetzen; - und wenn du siehest, dass die Betrüger, von deren gleißnerischer Miene du dich hast hintergehen lassen, ihre Tage in Müßiggang und Wolllüsten verzehren, das Mark deines Landes aussaugen, und deine Weiber und Töchter beschlafen, - wirst du die Augen zumachen und schweigen - oder mit offnen Augen *zusehen, und doch schweigen*, und dich bereden lassen müssen, du habest nichts gesehen!«

Glaubt mir, gute Leute! - doch was bekümmert *mich* das? - glaubt es eurer Empfindung - (wenn ihr euch diese abschwatzen lasst, so kann ich nichts dazu) - »Die Tugend, sie, die selbst die Mutter der besten Freuden ist, verträgt sich mit jeder schuldlosen Freude.«

»Und welche Freuden sind schuldlos?«

Fragst du mich das, *Diophant*? - Hast du keine Sinne, keinen Witz, kein Herz, kein sympathetisches Gefühl? Bist du keiner uneigennützigen Neigung fähig? Kannst du nichts außer dir lieben? - So will ich dir wenigstens sagen, welche Freuden nicht unschuldig sind. - Warum errötest du? Fürchtest du, ich werde dich an das Ruhebette der tugendhaften Lysistrata erinnern? Besorge nichts! Möchten diese unter deinen geheimen Freuden die verdammlichsten sein! - Die Schadenfreude, Diophant, die Freude, einen Unglücklichen, den du verfolgst, sich zu deinen Füßen krümmen zu sehen; die Freude, ein aufkeimendes Verdienst, das dich eifersüchtig macht, erstickt, eine Tugend, die dich verdunkelt, angeschwärzt zu haben; die Freude, durch niedrige Kunstgriffe dich des Ohrs eines Großen bemächtiget, oder die Erbschaft einer alten Törin vor dem hungrigen Munde dürftiger Verwandten listig weggeschnappt zu haben;

die Freude Böses zu tun, damit, wie du uns bereden willst, Gutes daraus erfolge: ich schwöre dirs bei allen Göttern und Göttinnen, *Diophant, diese Freuden*, wenn es gleich die *Deinigen* wären, sind viel weniger unschuldig, als es die Freude der jungen Bacchanten war, welche diesen Morgen vom aufgehenden Tage bei Tanz und Saitenspiel und vollen Bechern und ermüdeten Mädchen überrascht wurden!

33.

Du begreifst nicht, *Eurybates*, was ich mit dieser Schutzrede für die Freude wolle, die dir in dem Munde des Diogenes unerwartet ist? Ich würde, deucht dir, am wenigsten dabei zu verlieren haben, wenn die ernsthaften Leute, die sichs zum Verdienst anrechnen in ihrem Leben nie gelacht zu haben, die Oberhand in der Welt gewinnen sollten.

Du irrest dich vielleicht, Eurybates; – denn sie würden mir meine gute Laune nehmen wollen; und wenn sie das könnten, so möchten sie mir ebenso gut auch das Leben nehmen; ich würde keine Bohne mehr darum geben.

Aber, in der Tat, ich dachte dabei weniger an mich selbst, als an eure Kinder und Kindeskinder. – Ich hatte bei mir selbst nachgedacht, was daraus folgen würde, wenn eine gewisse Partei von Graubärten in euerm Rate durchdränge, welche Tag und Nacht über Verderbnis der Sitten klagt, und, wie ich höre, neulich den Vorschlag getan hat, dass man alle die Personen beiderlei Geschlechts aus Korinth wegschaffen solle, deren Profession es ist, andern Vergnügen zu machen. Alle Tempel und Kapellen, wo den Göttern der Freude geopfert wird, sollten geschlossen, alle Schauspieler, Mimen, Tänzerinnen, Flötenspielerinnen, auf einen Tag aus der Stadt verwiesen werden, – wenn es nach dem strengen Sinne dieser Herren ginge, welche sich ihrer eigenen Jugend nicht gerne mehr erinnern, und einen vielleicht unbilligen Hass auf Vergnügungen geworfen haben, zu denen sie das Alter oder ihre ehemalige Unmäßigkeit unvermögend gemacht hat.

Ich gestehe dir, Eurybates, ich würde diese fröhliche Bande aus meiner Republik auch verbannen, ich werde sie nie hineinlassen, sobald ich Gelegenheit finde, eine Republik nach meiner Fantasie zu errichten. – Aber, ob ihr sie aus *Korinth* verweisen sollt, ist eine andere Frage.

Die *Perikles* und die *Sokraten*, die Weisesten und Besten zu Athen, versammelten sich des Abends bei der schönen *Aspasia*. Man sprach von wichtigen Dingen in dem muntern Tone, der die Langeweile verbannt, und Kleinigkeiten wurden durch Witz und Laune interessant. Aspasia war die Seele der Unterredung. Die schönsten Ideen, die klügsten Anschläge wurden in dieser Gesellschaft entworfen, welche nur Erholung und Zeitvertreib zum Zweck zu haben schien; und oft fand Aspasia Mittel, unvermerkt zu vereinigen, oder kleine Missverständnisse zu beheben, welche in der Folge der Republik hätten nachtheilig werden können. Eine niedliche Abendmahlzeit öffnete vollends die Gemüter der Geselligkeit und Freude. Kleine rosenbekränzte Becher weckten den attischen Scherz und das feine Lachen, die Philosophie lernte von den Grazien scherzen, man sprach Dinge, welche wert waren, von einem *Xenophon* geschrieben zu werden; bis die Musen, unter der Gestalt lieblicher junger Mädchen, durch Gesang und Tänze die Scene beschlossen.

Sage mir nun, *Eurybates*, würde sich *Athen* besser befunden haben, wenn es die schöne Aspasia mit ihren Mädchen fortgeschickt, und die Perikles und Sokraten genötigt hätte, ihre Abende *ernsthafter* zuzubringen?

Meinst du, dass *Hellas* diesen mannigfaltigen Überfluss von schönen Bildern und Gemälden, diese Meisterstücke idealischer Schönheiten, welche den Geist zu Begriffen von überirdischer Vollkommenheit erheben, besitzen würde, - wenn keine *Theodoten, Frynen, Danaen* und ihres gleichen gewesen wären, welchen der Wohlstand nicht verbot, ihre Schönheit zur Aufnahme der Kunst dienen zu machen?

Und was für Ergötzungen wollen wir, wenn wir die Musen und die fröhlichen Grazien aus unsern Grenzen verbannt haben, an die Stelle der Ihrigen setzen? - Gar keine? - So müssten wir die menschliche Natur umschaffen können! - Skythische Schmäuse und thrakische Freuden werden die Stelle derjenigen einnehmen, die ihr verjaget.

In kurzem wird euer Witz plump, eure Gemütsart rau und ungesellig, eure Tugend wild, spröd und menschenfeindlich sein. Ihr werdet eurer Jugend *eine* Gelegenheit zu Ausschweifungen abgeschnitten haben; aber, unbekehrt von euern Sittenlehren, werden sie auf Schadloshaltung bedacht sein, welche ihnen selbst und dem Staate zehnmal verderblicher sein werden. Die Fremden werden eure Stadt fliehen, die nichts Anlockendes mehr für sie haben wird; und der müßige Teil eurer Bürger, dem ihr die unschädlichsten Mittel, seine Zeit zu verlieren, benommen habt, wird in kleine Privatgesellschaften zusammen schleichen, und aus lauter langer Weile anfangen die Regierung nach falschen Begriffen zu bekritteln, Intrigen anzuzetteln, und Staatsveränderungen zu träumen.

Ich habe, wie du sagtest, bei allem diesem nichts zu verlieren: aber, alles überlegt, dächt' ich, ihr behieltet immer eure Komödianten, Mimen,

Gaukler, Flötenspielerinnen u. s. w. mit den kleinen Übeln, von welchen ihr Dasein begleitet ist. - Es gibt zwanzig Mittel, den Ausschweifungen, wozu der Hang zum Vergnügen verleitet, Grenzen zu setzen. Aber gegen die Übel, die über euch kommen werden, wenn ihr die Musen und Huldgöttinnen, mit ihrem Gefolge von Scherzen und Freuden des Landes verwiesen habt, weiß ich kein Mittel, als - ihr müsstet euch gefallen lassen, eure *Republik* nach der *Spartanischen*, oder *Platonischen*, - oder nach der *Meinigen* umzuschaffen; und dabei würdet ihr einige Schwierigkeiten finden!

34.

Was ich von den Leuten halte, die in spekulativen Dingen *immer entscheiden, nie zweifeln*, nie gestehen wollen, dass sie von gewissen Dingen nicht mehr wissen als wir andern? - Von den Leuten, welche euch ganze Wochen lang von *Wesen* und *Naturen*, von *Atomen* und *Homöomerien*, vom *Vollen* und *Leeren*, von *Geist* und *Materie*, von *Ursachen* und *Zwecken* unterhalten, und euch die *unbekannten Länder*, ihre Lage, Größe, Länge, Breite, Luftbeschaffenheit, Wärme und Kälte, ihre Produkte, Pflanzen, Tiere, Einwohner und deren Lebensart, Polizei, ehemalige und künftige Begebenheiten u. s. w., so genau und zuversichtlich beschreiben, als ob sie eben jetzt mit Gelegenheit eines Kometen, oder der Himmel weiß welches andern wunderbaren Fuhrwerks, von dannen angelangt wären? - Was ich von ihnen halte?

Ich hörte einst einen solchen viel wissenden Schwätzer in der bunten Halle zu Athen zwei volle Stunden von den Geheimnissen der pythagoreischen Zahlen sprechen. Wir liehen ihm unsre Ohren mit großer Geduld, und begriffen nichts von dem was er uns offenbarte; dem ungeachtet fand der Pythagoräer großen Beifall. Er versprach, den folgenden Tag von den sieben Sphären, und von der achten Sphäre, und von den erstaunlichen Dingen, die *über* der achten Sphäre sind, eben so lang' und ebenso gelehrt zu sprechen. Ich lachte über meine eigne Narrheit und ließ mich dennoch von der kindischen Neugier, was der Mann über solche Dinge werde sagen können, noch um zwei Stunden und zehn Drachmen betrügen. - Das sollen aber auch die letzten Drachmen sein, sagte ich, wie er fertig war, die ich um Nachrichten von den Dingen überm Monde ausgebe, und wenn ich älter werden sollte als Tithon!

Nach etlichen Tagen ließ ich in ganz Athen ansagen, dass ein Chaldäischer Weiser neu angekommen sei, welcher sich im Keramikus zu einer gesetzten Zeit öffentlich werde hören lassen.

Es versammelte sich eine erstaunliche Menge Volks. Ich hatte mich, so gut ich immer konnte, in einen Chaldäer vermummt; ein langer weißer Bart, und ein Mantel, mit allen Tieren des Sternhimmels bemalt, tat eine vortreffliche Wirkung. Man lechzte vor Erwartung unerhörter Dinge bei meinem Anblick. Alles wurde still, wie ich mich zu räuspern anfing. Ich fing also an, und sprach –

Ich gebe euch zehn Tage, oder zehn Olympiaden, wenn ihr wollt, zu erraten, wovon ich sprach; – ihr werdet eher auf alles andre raten –

Vom *Mann im Monde* sprach ich.

Ich unterließ nicht, meine Zuhörer in dem Eingang meiner Rede mit einem so emphatischen Schwunge zu dem, was ich ihnen sagen würde, vorzubereiten, dass sie kaum erwarten konnten, bis ich wirklich zur Sache schritt. Aber ich muss jetzt noch lachen, wenn ich mir den Ausdruck von Erstaunen, Überraschung, Ungeduld und zwanzig andern Leidenschaften wieder vorstelle, der mir in der possierlichsten Vermischung aus unzähligen verzerrten Gesichtern entgegen kam, wie ich ankündigte, dass ich sie vom *Mann im Monde* unterhalten würde.

Einer sah den andern an, und murmelte – *vom Mann im Monde*! – Alle ohne Ausnahme sahen wie Leute aus, die sich gewaltig in ihrer Erwartung betrogen fänden. – *Vom Mann im Monde*!

Ja, *vom Mann im Monde*, rief ich, ohne mich aus der Fassung setzen zu lassen; von der wunderbarsten, wichtigsten, und geheimnisvollsten Materie, wovon jemals ein Sterblicher zu Sterblichen gesprochen hat; *vom Mann im Monde*!

Der alte Knabe ist ein Narr, rief einer ziemlich laut, oder er hält *uns* für Narren. – Es könnte wohl beides sein, dacht' ich.

Der dritte Teil der Versammelten machte Miene davon gehen zu wollen.

Seid ihr klug? Rief ihnen ein alter hohläugiger Schuhflicker zu, der selbst so aussah, als ob er aus irgendeinem Planeten ausgewandert wäre; konntet ihr von einem Weisen aus Chaldäa weniger erwarten? Sagte er nicht, dass er von unerhörten Dingen reden würde? Man muss ihn erst anhören eh' man urteilen kann. Ich habe mehr Leute seiner Art gesehen; es stecken Dinge hinter ihm, die man ihm nicht an der Nase ansieht; und gerade, weil die Materie, wovon er sprechen will, närrisch scheint, wollt' ich um meinen Kopf wetten, dass ein Geheimnis unter der Decke liegt. Wer weiß – kurz, ich will den *Mann im Mond* kennenlernen – ein andrer kann auch tun, was er will.

Was der Schuhflicker *gesagt* hatte, war, dem Ansehen nach, gerade was der größte Teil der Versammlung *dachte*. Nachdem also der Lärm eine Weile gedauert hatte, kam am Ende heraus, dass jedermann da blieb, und wenigstens hören wollte, *was man wohl vom Mann im Monde werde sagen können?*

Ich fuhr fort, soviel ich mich erinnern kann, ungefähr wie folget:

»Nach dem was ich euch angekündiget habe, meine Herren von Athen, scheint nichts billiger von mir erwartet werden zu können, als dass ich euch vor allen Dingen eine solche Erklärung von dem, was unter dem *Mann im Monde* zu verstehen sei, gebe, vermittelst deren ein jeder, so oft die wellenförmige Bewegung der Töne, woraus dieser Name besteht, sein Trommelfell erschüttert, denjenigen bestimmten Begriff damit verbinden könne, der keinem andern Mann in der Welt zukommt, als *dem Mann im Monde*.

»Dem ersten Anschein nach eine sehr billige Forderung; aber in der Tat, meine Herren, eine Forderung, welche so schwer zu befriedigen ist, dass ihr mir eben so leicht zumuten könntet, den Ozean in einen Becher zu schöpfen, und - wofern es Wein von Thasos wäre - ihn auf eure Gesundheit auszutrinken.

»Es gibt viele Dinge auf der Welt, die beim ersten Anblick nicht die geringste Schwierigkeit zu haben scheinen; man glaubt sie so gut zu kennen, als die Mutter die uns geboren hat. Kommt es aber dazu, dass wir den Mund auftun sollen, um uns deutlich darüber vernehmen zu lassen, so finden wir uns beinahe in der Notwendigkeit, ihn unverrichteter Sache wieder zuzuschließen, soweit wir ihn aufgemacht hatten. So ist, zum Beispiel, nichts leichter zu sagen, als: Wir wollen vom *Mann im Monde* reden! Oder - lasst doch hören, was man vom Mann im Monde sagen kann! Aber ich berufe mich auf euer eigenes Gefühl, wie euch zumute wäre, wenn ihr euch anheischig gemacht hättet, von einem Dinge zu sprechen, das weder in die Sinne fällt, noch ohne Sinn begriffen werden, kann!

»Aufrichtig zu reden, ungeachtet als ich als ein Philosoph verbunden bin, niemals einiges Misstrauen in die *Allgemeinheit* und *Unfehlbarkeit* meiner Einsichten zu verraten: So seh' ich mich doch in keiner geringen Verlegenheit, ob ich von der *Wirklichkeit* des Mannes im Mond, oder von seiner *Möglichkeit* zuerst reden soll. Denn damit er *wirklich* sein könne, muss er *möglich* sein, und damit er *möglich* sein könne, muss er *wirklich sein*. Hier liegt der Knoten!

»Sag' ich, der Mann im Mond *ist möglich*: so denk' ich entweder nichts bei dem was ich sage, - welches freilich das Bequemste ist - oder ich setze in der Tat voraus, *dass er sei*; denn wie könnt' ich sonst sagen, *er sei möglich*. Es ist gerade so viel als sagt' ich, der Mann im Mond ist blau, oder großmütig, oder er ist ein guter Mann; - denn bei jeder dieser Behauptungen setz' ich voraus, dass ein Mann im Mond *ist*, oder es wäre lächerlich zu sagen, er *ist dies* oder er *ist jenes*; und ich würde im Grund eben so viel sagen als: Das Ding, das nicht ist, ist etwas.

»Sag' ich auf der andern Seite, der Mann im Mond ist *wirklich*: So setze ich seine Möglichkeit *voraus*, wozu ich doch nicht befugt bin, eh' ich sie erwiesen habe. Will ich sie aber erweisen, flugs bin ich wieder in dem verwünschten *Zirkel*, in welchem ich mich so lange von Möglichkeit zu Wirklichkeit und von Wirklichkeit zu Möglichkeit herumdrehe, bis mir der Kopf so schwindlig wird, dass ich die ganze Welt, den Mann im Mond und meine eigene Wenigkeit aus dem Gesicht verliere, und am Ende nicht einmahl den Unterschied zwischen meinem eigenen kleinen *Ich* und dem unendlichen *Nicht-Ich* mehr erkennen kann.

»Bei so bewandten Umständen weiß ich Ihnen und mir nicht anders zu helfen, als dass wir uns entweder mit dem einfältigen Behelf, *»es ist nicht klar,«* ausreden,- und eh' ich mich *dazu* bequemte, wollt' ich lieber den Kopf verlieren! - oder dass wir einen Anlauf nehmen, und mit so vieler Dreistigkeit, als uns nur immer möglich ist, geradezu behaupten: der *Mann im Mond* existiere, so gut als *Hermes Trismegistos* oder irgendein andrer Mann in der Welt; eine Behauptung, wobei wir den doppelten Vorteil haben, dass unsre Gegner entweder *das Gegenteil beweisen* - oder *schweigen* müssen, und dass alle Männer außerhalb des Monds um ihrer selbst willen genötigt sind, sich zu *uns* zu halten; denn wo lebt der Mann, gegen den sich nicht die nämlichen Zweifel erregen ließen? In welchem Betracht ich gestehe, dass mir der Beweis des tiefsinnigen *Heraklitus* noch immer die meiste Genüge tut, der, um auf einmal aus der Sache zu kommen, sagt: Der Mann im Mond ist da, *denn* wie könnte er sonst der Mann im Mond sein?

»Nachdem wir uns solcher Gestalt aus dieser ersten Schwierigkeit glücklich heraus gewickelt haben, so entsteht die andre große Frage: Wenn der Mann im Mond *ist, was* ist er?

»Hier, meine Herren, öffne ich euch die Pforte des metaphysischen Abgrundes. Ein undurchdringliches Dunkel scheint hier euern forschenden Blicken auf ewig Einhalt zu tun. Aber lasset euch nicht dadurch abschrecken! Wir schauen so lange hinein, bis wir etwas sehen.

»Ich verrate euch hier ein großes Geheimnis; eure Philosophen werden böse auf mich werden; aber ich mache mir nichts daraus. Nur immer hinein geschaut, meine Freunde! Wir haben kein andres Mittel Entdeckungen in den unbekannten Ländern zu machen.

»Sehet ihr noch *nichts*? – Seid deswegen unbekümmert! Es liegt bloß daran, dass wir unsre Augen zuvor in die gehörige Verfassung setzen. Höret an!

»Als ich zuerst anfing, mich um den *Mann im Mond* zu bekümmern, ohne zu wissen, wie ich es anfangen sollte, ging ich bei allen euern Philosophen herum, und fragte sie, was sie davon wüssten?

»*Der Mann im Monde*? – sagte der *erste*, an den ich mich wandte – es ist so leicht nicht, ihn kennenzulernen! Wenn ihr aber entschlossen seid das Abenteuer zu unternehmen, so kommt alles darauf an, dass ihr ausfindig macht, *was* er ist, – und *wie* er ist, was er ist. – Das ists eben, was ich wissen möchte, sagte ich. – So muss du nun bei andern nachfragen, versetzte jener; denn ich habe dir alles gesagt, was ich von der Sache weiß.

»Nun ging ich von Haus zu Haus, um zu hören, was die Weisen im Volk auf meine Fragen antworten würden. Und hier erfuhr ich die Wahrheit des alten Sprichworts: *Viel Köpfe viel Sinne*; ausgenommen, dass ich zuletzt einen guten Teil mehr Köpfe als Sinne herausbrachte.

»*Der Mann im Mond* ist kein *eigentlicher* Mann, sagten einige: Man könnte ebenso gut sagen, die *Frau* im Mond, ob er gleich, genau zu reden, weder Mann noch Frau ist. – Denn wenn er ein eigentlicher Mann wäre, so müsste er eine Frau haben, oder wo bliebe der zureichende Grund seiner Mannheit? Nun hat man aber nie von einer Frau im Monde, oder von der Frau des Mannes im Monde reden gehört: also u. s. w. –

»Die Wahrheit ist, dass er gar nichts mit uns gemein hat, sagte ein *andrer*.

»Das ist unmöglich, sprach der *Dritte*; er muss uns doch immer ähnlicher sein als einer *Auster* oder einer *Seenessel*.

»Ich *beweise* meinen Satz, versetzte *jener*. Alles, was unterm Mond ist, ist nicht *im* Mond, und umgekehrt; und es muss ein Grund vorhanden sein, *warum* es *unterm* Mond und nicht vielmehr *im* Mond ist, wo es sich vielleicht ebenso gut befände; nun stimmen alle Leute überein, dass der Mann im Mond – *im Mond ist* –

»*Wenn* er im Mond ist, zugegeben! Fiel ihm *dieser* ein: Aber ich getraue mir zu behaupten, dass er vielleicht zwei Drittteile vom Jahr in der *Venus* oder im *Merkur* ist, oder dass er sich wenigstens den Winter über, der im Monde ziemlich kalt sein mag, anderswo aufhält.

»Phy, sagte jener, wie wolltet ihr das beweisen können, da warm und kalt nichts *Absolutes* ist? Natürlicherweise ist die Organisation des Mannes im Monde seinem Aufenthalt gemäß; und weil dieser (wie alle Astronomen wissen) *feucht* und *kalt* ist, so muss auch der Mann im Mond ein ausgemachter Phlegmatikus sein: Ist er aber das, so lässt sich ohnehin nicht begreifen, was man in der Venus, welche der Planet der Liebe ist, mit ihm anfangen wollte.

»Die Herren sprechen sehr zuversichtlich von dem guten Mann im Monde, sprach ein *Vierter*; und doch bin ich gewiss, dass sie nicht mehr von ihm wissen als ich - das ist, so viel als - gar nichts. Denn ich behaupte, man müsste wenigstens einen Sinn mehr haben, als die fünf oder sechs die wir haben, um sich eine richtige Vorstellung von ihm machen zu können. Nach unsrer Art zu reden ist er weder groß noch klein, weder hitzig noch frostig, weder sauer noch süß, weder weiß noch schwarz; - er ist - er ist - das mag er selbst wissen, was er ist!

»Die Meinung dieses letztern führte offenbar zum *Skeptizismus*, der uns Dogmatikern von jeher so verhasst gewesen ist, als - die Philosophie der *Gymnosophisten* - der *Schneidergilde*. Indessen, da ich doch nach allem, was mir die weisen Männer gesagt hatten, weder mehr noch weniger von der Sache wusste als zuvor: So beschloss ich einen Versuch zu machen, wie weit mich mein eigenes Nachdenken in dieser äußerst dunkeln Materie führen könnte.

»Wenn es seine Richtigkeit hat, sagt' ich zu mir selbst, dass ein jedes Ding das ist, was es ist, so kann ich ohne mindestes Bedenken zum Grunde legen, der Mann im Monde *sei - der Mann im Monde*. Ihr meint vielleicht, damit sei nicht *viel* gesagt: Aber da würdet ihr euch mächtig irren, meine werten Herren. Ich habe schon viel damit gewonnen, wenn ihr mir das zugeben müsst! - Denn wenn der Mann im Mond - der Mann im Mond ist, so ist er also

nicht der Mann im Merkur,

noch im Mars,

noch im Jupiter,

noch im Saturnus; u. s. w. Er ist auch

nicht der Mann im Tierkreise,

noch in der Milchstraße,

noch im Feuerhimmel,

noch im leeren Raum,

noch im Chaos, – sondern wirklich und wahrhaftig der *Mann im Monde*; und da er das ist, so

ist er auch *weder* Fisch,

noch Vogel,

noch Amphibion,

noch Insekt.

»Er kann weder schwimmen noch fliegen – wiewohl ich für die Gewissheit des letztern nicht gut sagen lassen wollte. Denn vielleicht ist es im Monde möglich, *ohne* Floßfedern zu schwimmen und *ohne* Flügel zu fliegen, oder er könnte auch Flügel und Floßfedern *haben*, ohne darum weniger der Mann im Monde zu sein.

»Eben so wenig getraue ich mir aus seiner bloßen Identität mit sich selbst d. i. daraus, dass der Mann im Mond – nicht der *Nicht-Mann im Nicht-Mond* ist – mit völliger Gewissheit zu bestimmen, ob er

von Essen und Trinken lebt, wie wir,

oder von der Luft, wie der Paradiesvogel,

oder von Sonnenstrahlen, wie der Phönix,

oder von Ideen, wie Platons Geister?

ob er sein Geschlecht fortpflanzt, oder nicht? Und ersten Falls,

ob er ein Weibchen seiner Gattung dazu nötig hat?

oder ob er sich mit sich selbst behelfen kann, wie unsre Schnecken?

oder ob er sich durch die Wurzel,

oder durch Zwiebeln,

oder durch Knospen,

oder durch Schösslinge,

oder durch Eier,

oder durch lebendige Junge fortpflanzt? –

oder vielleicht, wie der Phönix, immer der Einzige von seiner Art bleibt, und nur von Zeit zu Zeit wieder aus seiner Asche hervor geht? –

ob er lang oder kurz,

fett oder mager,

blond oder braun,

gut- oder bösartig,

gelehrt oder unwissend,

ein guter oder schlechter Dichter ist?

ob er gut tanzt,

gut reitet,

gut Ball spielt, – u. s. f.

»Diese und zwanzigtausend andre Fragen dieser Art, welche ein jeder, auch mit dem mäßigsten Grade von Witz, sich selbst machen kann, unter andern auch die nicht ganz unerheblich scheinenden:

Was kümmert uns der Mann im Mond?

Was für einen Einfluss hat er auf unser Wohl- oder Übelbefinden?

Ist es auch wohl überall der Mühe wert, sich den Kopf um ihn zu zerbrechen?

»*Alle* diese Fragen werden (wie ich besorge) nicht wohl beantwortet werden können, solange wir nicht Mittel und Wege finden – den Mann im Monde *näher kennenzulernen*; ob ich gleich überhaupt nicht ungeneigt bin zu glauben, dass er – falls er so allein im Mond ist, wie man vorauszusetzen pflegt – ziemlich oft lange Weile haben, und überhaupt kein Mann von sehr angenehmer Laune oder lebhaftem Umgange sein mag.

»Doch, wie gesagt, meine Herren Athener, die Ehre, alle nur ersinnlichen *Probleme*, welche sich über oft besagten *Mann im Mond* aufwerfen lassen, rein und aus dem Grunde aufzulösen, ist lediglich demjenigen unter unsern philosophischen Abenteurern aufbehalten, welcher sinnreich oder glücklich genug sein wird – den *Weg in den Mond* zu entdecken, wofern einer ist; oder sich einen Weg dahin selbst zu *machen*, wofern keiner ist; und – was zum wenigsten ebenso notwendig scheint – den Weg wieder *zurückzufinden*, nachdem er sich lange genug da aufgehalten haben wird, um eine hinlängliche Anzahl von Beobachtungen machen zu können; *vorausgesetzt*, dass es überhaupt möglich sei, mithilfe solcher Sinne wie die Unsrigen, über einen Mann, wie der *Mann im Mond* ist, irgendeine Entdeckung zu machen.

»Ihr seht, meine guten Athener, dass ich eure Aufmerksamkeit – nicht gemissbraucht, und, alles wohl erwogen, vielleicht mehr geleistet habe, als ihr billigerweise von mir erwarten konntet. Wenige meiner Zunftgenossen würden sich so aufrichtig herausgelassen, und so wenig Umschweife gemacht haben, um euch auf eine gelehrte Art zu erkennen zu geben, dass sie von einem Dinge sprechen, von dem sie nichts wissen noch wissen können, d. i. von einem Dinge, welches – was es auch *an sich* oder für die Bewohner andrer Weltkörper sein mag, wenigstens *für sie – kein Ding* ist.

»Übrigens hoff' ich dem *Mann im Monde* selbst, wer er auch sein mag, durch das, was ich von ihm gesagt oder vielmehr *nicht* gesagt habe, auf keinerlei Weise zu nahe getreten zu sein. Er hätte sich vielleicht beleidigt finden können, wenn ich unverschämt genug gewesen wäre, *ein System über ihn zu machen,* und euch mit der gewöhnlichen Dreistigkeit meiner Amtsbrüder seine Figur, Farbe, Bildung, Fähigkeiten, Sitten, Lebensart, Religion, kurz alle seine innerlichen und äußerlichen Bestimmungen vorzudemonstrieren. – Aber *ich* – was konnt' ich *unschuldigers* von ihm sagen, als – *gar nichts*?«

Hiemit endigte sich meine Rede, und ich schlich mich hinter die Scene, um die Wirkung, welche sie tun würde, desto ungestörter zuzusehen.

Meine Athener, welche vermutlich geglaubt hatten das Beste würde noch kommen, machten sehr alberne Gesichter, da sie sich in ihrer Hoffnung betrogen sahen. Etliche Augenblicke lang standen sie ganz betroffen da, große Augen und halb offne Mäuler nach der Bühne, wo der Chaldäer gestanden hatte, hingekehrt. Aber nachdem sie sich völlig überzeugt hatten, dass nun nichts mehr zu erwarten sei, erhob sich ein vermischtes Gemurmel, welches immer lauter wurde, und zuletzt in ein allgemeines Getümmel ausbrach. Ein jeder sagte und behauptete seine Meinung von der Sache, von der Absicht die der Chaldäer bei seiner Rede gehabt haben möchte, ob er gut oder schlecht gesprochen habe, von seiner Miene, von seinem Bart, endlich vom Mann im Monde selbst, und wen er wohl darunter verstanden habe; denn dass ein Geheimnis unter der Sache stecke, wurde für ausgemacht angenommen. Der Tumult nahm überhand, man zankte sich, man schrie, alle gaben ihre Stimme auf einmahl; und da viele, welche mit Gründen und Schlüssen nicht so gut zurechte kommen konnten, desto stärker von Schultern und Knochen waren, so wurde man endlich handgemein – kurz, es fehlte wenig, dass *der Mann im Monde* nicht einen allgemeinen Aufstand in Athen veranlasst hätte.

Was für Kinder die Athener sind! Rief einer von den Klügern, indem er sich in Zeiten auf die Seite machte: Merkt ihr denn *noch* nicht, dass der *Chaldäer* keine andre Absicht hatte, als euch und eure Philosophen zum Besten zu haben?

35.

Ich lag an einem schönen herbstlichen Tag unter einer Zypresse im Kranion, und genoss des Sonnenscheins, welcher alten Leuten in dieser Jahrszeit so angenehm ist; als ich unvermerkt in den Träumereien, denen ich mich zu überlassen pflege, wenn ich so eben nichts zu *denken* habe, von einem *Unbekannten* gestört wurde, der in Begleitung etlicher andrer, die etwas bessres als seine Sklaven, aber doch nicht seines gleichen schienen, auf mich zuging. Ich gab anfangs nicht darauf acht; aber da er mich anredete, fing ich an zu merken, dass jemand zwischen mir und der Sonne stand.

Bist du, sagte er, indem er mich mit einer gewissen Dreistigkeit, die bei gemeinen Leuten Unverschämtheit genannt wird, mit den Augen maß, - bist Du dieser Diogenes, von dessen Karakter und Launen man im ganzen Griechenlande so viel zu erzählen hat?

Ich betrachtete meinen Mann nun auch etwas genauer als anfangs. Es war ein feiner junger Mensch, mittelmäßig von Statur, aber wohl gemacht, außer dass ihm der Kopf ein wenig auf die linke Schulter hing; er hatte eine breite Stirn, große funkelnde Augen, mit denen er euch in die Seele hinein sah; eine glückliche Gesichtsbildung, und eine Miene, worin Stolz und Selbstvertrauen, durch eine gewisse Grazie gemildert, dasjenige ausmachten, was man an Königen *Majestät* zu nennen pflegt. - Ich bemerkte, dass er ein Diadem trug, welches ihn zu einer solchen Miene berechtigte; aber ich tat nicht, als ob ich es wahrgenommen hätte.

Und wer bist denn *Du,* antwortete ich ihm ganz kaltsinnig, dass du ein Recht zu haben glaubst, mich so zu fragen?

Ich bin nur *Alexander, Philipps Sohn* von *Mazedonien,* versetzte der Jüngling lächelnd: ich gestehe, es ist dermalen nicht viel; aber was es ist, steht dem Diogenes zu Dienste. Da ich wusste, dass du nicht zu *mir* kommen würdest, so komm' ich zu *dir,* um dir zu sagen, dass ich mir ein Vergnügen daraus machen würde, deine Philosophie auf einen gemächlichern Fuß zu setzen. Verlange von mir, was du willst, es soll dir unverzüglich gewährt werden, oder es müsste mehr sein als in meiner Macht steht.

Versprichst du mirs bei deinem königlichen Worte? Sagte ich.

Bei meinem Worte, versetzt' er.

Nun, sagt' ich, so ersuch' ich Alexandern, Philipps Sohn von Mazedonien, so gut zu sein und mit aus der Sonne zu gehen.

Ist das alles? Sagte Alexander.

Alles was ich jetzt bedarf, antwortete ich.

Die Hofschranzen erblassten vor Entsetzen.

Ein König muss sein Wort halten, sagte Alexander, indem er sich mit einem gezwungenen Lächeln gegen seine Leute wandte.

Er rechtfertigt den Zunahmen, den ihm die Korinther geben, sagten die Hofschranzen, und er verdiente, dass ihm auch nach seinem Namen begegnet würde.

Das sollt ihr bleiben lassen, erwiderte der Jüngling; ich versichre euch, wenn ich nicht Alexander wäre, so möcht' ich wohl Diogenes sein.

Und damit führten sie sich wieder ab.

Das Abenteuer wird Lärmen machen. Ich kann nichts dazu. In ganzem Ernste, was hätt' ich von ihm begehren sollen? Ich will mit seinesgleichen nichts zu tun haben. - In der Tat, ich bedarf nichts; und, wenn ich was bedürfte, hab' ich nicht einen *Freund*? Sollt' ich von einem König Wohltaten annehmen, da ich keine von meinem Freund annehme, den ich dadurch glücklicher machen könnte?

Aber der junge Mensch gefällt mir. - Weil man doch Könige haben muss, so wär' es ebenso gut, *solche* zu haben, die ihm glichen. - Ich zweifle nicht, dass er mich auf die Probe setzen wollte; und doch schien ihm meine Bitte unerwartet. - Es ist billig, dass er lieber Alexander als Diogenes ist; ich dächte an seinem Platz ebenso: Aber es macht ihm Ehre bei mir, dass er Diogenes sein möchte, wenn er nicht Alexander wäre.

Wie viel wird dieser einzige junge Mann den Griechen von sich zu reden geben! Er hat sich von ihnen zu ihrem gemeinschaftlichen Feldherrn gegen den großen König erwählen lassen. Ein schöner Vorwand für einen jungen Ehrgeizigen, dem Mazedonien und Griechenland ein zu kleiner Schauplatz ist!

Ich wollte, dass er über die Welt zu gebieten hätte und dächte wie Diogenes!

36.

Ich dachte an nichts weniger, als ich gestern nachts auf meinem *Ulyssischen* Ruhebette lag, als Besuch von einem Könige zu bekommen: auf einmahl öffnete sich das hölzerne Schloss an meiner Hütte, und *Alexander*, mit einer kleinen Laterne in der Hand, trat ganz allein in meine Zelle.

Ich stand auf und hieß ihn willkommen. Du bist ein sonderbarer Mensch, sagte er zu mir: ich suche dich, so wenig ich Ursache habe mit dir zufrieden zu sein; denn du hättest mich beinahe zu einem närrischen Wunsche gebracht –

Darf ich fragen zu welchem?

»Kein König zu sein, damit ich Diogenes sein, und Könige so demütigen könnte wie du.«

Vergib mir, Alexander, das war meine Absicht nicht! Ich lag in der Sonne, wie du kamst; sie beschien mich so gut, dass es mir verdrießlich war, mir ein Vergnügen nehmen zu lassen, das in den Augen eines Königs so unbedeutend ist. Du hattest nichts bei mir zu tun, und ich hatte nichts von dir zu begehren. Ich hätte mich eine halbe Stunde besinnen können, ohne dass mir was andres eingefallen wäre, als dass du mir aus der Sonne gehen möchtest.

»Gut! Wenn du der sonderbarste Philosoph bist, den *ich* noch gesehen habe, so bin ich vielleicht der sonderbarste König, den *du* gesehen hast. Du gefällst mir; ich wollte, dass ich dich bereden könnte, mit mir auf Abenteuer zu gehen. Ich brauche einen ehrlichen Kerl, der mir die Wahrheit sagt, – und ich denke du wärest mein Mann!«

Ein jeder Mensch muss seine Rolle spielen, König Alexander. Ich wäre nicht mehr Diogenes, wenn ich mit dir ginge. Aber wenn du es verlangst, kann ich dir so viel Wahrheit mit auf die Reise geben, als du brauchst, und wenn du Herr vom ganzen Erdboden würdest.

»Unter uns gesagt, ich gehe mit nichts Geringerem um; ich habe Ideen, die ich mir nicht aus dem Kopf bringen kann. Mazedonien ist nichts; Griechenland – ist etliche Hufen mehr; – Klein-Asien, Armenien, Syrien, Medien, Indien, – das wäre wohl etwas! Aber wenn wir *das* haben, nehmen wir ebenso wohl das Übrige noch dazu. – Kurz, ich sehe den Erdboden für ein Ding an, das aus *einem Stücke* gemacht ist; die Menschen darauf haben alle zusammen nicht mehr als *einen* Anführer nötig, und – ich fühle, dass ich gemacht bin, dieser Anführer zu sein.«

Ich wollte nicht dafür stehen, dass dir, wenn du damit fertig bist, der Einfall nicht kommen sollte, auf eine *Brücke* in den Mond und in die übrigen Planeten zu denken, um das ganze Sonnensystem zu erobern, welches auch aus einem Stücke gemacht zu sein scheint, und wozu du, nach deiner Denkungsart, ein Recht haben wirst, sobald du Meister von diesem Erdenrund bist.

»Ich werde nie Schimären verlangen, Diogenes: Mein Projekt ist groß; aber auch so schön, so leicht auszuführen, dass mich nur wundert, wie ich der Erste bin, dem es eingefallen ist.«

Du wirst über mich lachen, Alexander; aber ich versichre dich, ich würde gerade so gedacht haben, wenn ich, in deinem Alter und mit so günstigen Umständen, ein König gewesen wäre. Du hast die Herzen der Griechen in deiner Hand, und mit dreißigtausend Griechen muss ein junger Mann, wie du, mit der ganzen Welt fertig werden können. Aber, wenn du sie nun hast, was willst du mit ihr anfangen?

»Welche Frage für einen Philosophen! Was ich mit Mazedonien oder Epirus anfinge, wenn ich sonst nichts hätte. Es ist alles schon in meinem Kopfe angeordnet. Die noch unpolizierten Völker werd' ich in neu angelegte Städte ziehen, und mit den besten Gesetzen versehen, die ich für sie nötig finde; an allen großen Flüssen, an allen Seeküsten, will ich neue Kolonien und Handelsplätze anlegen; alle Provinzen des festen Landes durch brauchbare Straßen vereinigen; dem ganzen Erdboden einerlei Sprache und mit unsrer schönen Sprache unsre Wissenschaften und Künste geben; und, damit ich alles übersehen und die Maschine in Gang halten kann, ungefähr in dem Herzen meiner Eroberungen eine große Stadt anlegen, welche der Vereinigungspunkt aller Nationen und ihrer verschiedenen Verhältnisse und Vorteile, die Seele aller ihrer Bewegungen, der Inbegriff aller Schätze der Natur und Kunst, der Sitz der Amphiktyonen des menschlichen Geschlechts, die allgemeine Akademie seiner auserlesensten Geister, kurz die *Hauptstadt der Welt* und meine *Residenz* sein soll.«

Und wie lange, König Alexander, denkst du, dass dieses große Werk dauern werde?

»So lang' ein Alexander sein wird, es zu regieren. – Das sieht einer Prahlerei gleich, Freund Diogenes; aber ich traue dir zu, dass du es für das hältst, was es ist. Gesetzt die Unbeständigkeit der menschlichen Dinge, oder vielmehr die schwindlige Beschaffenheit der menschlichen Köpfe, welche in kurzem der Glückseligkeit selbst überdrüssig werden, lasse meine Stiftung von keiner langen Dauer sein: So wird doch der Nutzen, den ich dem menschlichen Geschlecht dadurch verschaffe, sich über viele Jahrhunderte erstrecken, und ich werde doch immer das Vergnügen haben, dem vorübergehenden Traum meines Daseins durch die größte Unternehmung, die jemals in die Seele eines Sterblichen gekommen ist, eine Art von Unsterblichkeit gegeben zu haben.«

Aber die Schwierigkeit der Ausführung?

»Schwierigkeiten? Dafür lass du *mich* sorgen! Gib mir nur zehn Jahre, und dann komm und sieh!«

Aber die Köpfe, die es kosten wird, bis du so viele Hundert Nationen gelehrig genug gemacht haben wirst, sich von dem Deinigen regieren zu lassen?

»Köpfe mag es kosten! – Es ist mir leid, denn ich bin kein Freund von Würgen und Zerstören. Aber dass ich um dieser Köpfe willen, die doch ohnehin später oder früher der Natur ihre Schuld zahlen müssten, *meinen Plan* fahren lasse, das sollen mich alle Köpfe der Welt nicht überreden! Setz' ich nicht meinen eigenen aufs Spiel? – zudem sind die Weiber in *Hyrkanien* und *Baktriane*so fruchtbar, dass der Abgang unmerklich sein wird.«

O Alexander! (Rief ich) du bist nur zwanzig Jahre alt! Andre deines gleichen verzehren ihre unrühmliche Jugend in Wolllüsten und Müßiggang, zufrieden beim Trinkfeste die Ersten zu sein, und Anschläge auf die Tugend unsrer Weiber zu machen; und *Du* hast in diesem Alter den Entwurf von einem *allgemeinen Reiche* gemacht, und gehst hin ihn auszuführen! – Ich sehe dich von der hohen Schönheit deiner Idee begeistert; du bist dazu gemacht, ins Werk zu setzen, was kleinere Seelen für eine Schimäre halten würden. Ich würde dir und mir selbst lächerlich vorkommen, wenn ich dich von deinem Vorhaben abzuziehen suchen wollte. Gesetzt auch, ich hätte einige erhebliche Einwendungen zu machen, so würd' es gerade so viel sein, als wenn ich einem Verliebten durch eine Kette von Schlussreden beweisen wollte, dass er besser täte, *nicht* verliebt zu sein. – Geister, wie der Deinige ist, erweckt der Himmel, so oft er dem Erdboden eine neue Gestalt geben will. Die Regeln, wonach wir andre uns zu betragen haben, sind keine Gesetze für Alexandern. – Ich würde dir vielleicht in meinem Herzen fluchen, wenn ich ein Athener, oder Spartaner, oder Kappadozier, oder Mede, oder Ägypter wäre. Aber ich bin ein *Weltbürger.* Kein andres Interesse, als das Beste des menschlichen Geschlechts im Ganzen betrachtet, ist in meinen Augen groß genug, um zu verdienen, dass es in Betrachtung gezogen werde. Geh, Alexander, und führe den großen Gedanken aus, der deine Seele schwellt! – Nur vergiss mitten im Laufe deiner glänzenden Unternehmungen nie, dass wir andern Erdensöhne so empfindlich für Schmerz und Vergnügen sind wie du selbst, und dass du mit allen deinen Vorzügen so hinfällig bist wie wir. Es braucht nichts mehr als einen elenden Pfeil vom Bogen eines nichtswürdigen Sogdianers oder etliche Tropfen Gift von einem treulosen Meden in deinen Becher gemischt, um alle Entwürfe deiner großen Seele in Träume zu verwandeln. Du läufst eine gefährliche Bahn. Der Mensch kann alles eher ertragen als unumschränkte Gewalt. Der Augenblick, wo du der Versuchung unterliegen wirst, dich von deinen

Schmeichlern bereden zu lassen, dass du mehr als ein Mensch seiest, wird das Ziel deines Ruhms und der Untergang deiner Tugend sein. Dann wirst du deine schönen Taten durch Laster beflecken, welche deine Menschheit nur zu sehr beweisen werden. Grausamkeit und zügellose Leidenschaften werden deine Regierung verhasst machen, dein Leben abkürzen, und dein Reich einem dieser seltnen und weit glänzenden *Meteore* gleichmachen, welche die Welt einen Augenblick in Erstaunen setzen, aber wieder verschwunden sind, indem noch alle Augen auf ihre Betrachtung starren.

Alexander saß mit gesenktem Haupte da und schien in Gedanken vertieft zu sein, während ich das alles sagte. Ich vermute, dass er über meinen Sittenlehren ein wenig eingeschlummert war. Aber bald, nachdem ich aufgehört hatte, erwacht' er wieder, stand auf, und sagte mir, dass er mit Anbruch des Tages von Korinth abgehen würde. »Im Ernste, Diogenes, setzte er hinzu, kann ich dir zu nichts nütze sein? – Die Korinther kennen, wie ich sehe, deinen Werth nicht.«

Ich bin zufrieden, wenn sie mir *nichts Übels* tun. Seelen von deiner Art sind zum *Wohltun* gemacht. Ach Alexander! Es sind in diesem Augenblicke so viele Tausende, die in Elend und Unterdrückung schmachten! Könntest du machen, dass diese Unglücklichen den Tag deiner Geburt segneten, so hättest du mir alles Gute getan, das mir der größte der Könige zu tun vermag.

»Du bist ein glücklicher Mann, Diogenes! Ich kann nicht unwillig darüber werden, dass du vielleicht der einzige Mensch in der Welt bist, der meine Freundschaft abweist.«

Alexander, sagt' ich ihm, ich ehre dich, wie ich niemals einen Sterblichen geehrt habe. Aber ich kann dir nicht sagen, was ich nicht denke. Ein König kann kein Freund sein, und kann keine Freunde haben.

»Verwünscht seist du mit deiner Aufrichtigkeit, Diogenes! Ich will nichts mehr davon! Du würdest machen, dass ich mich in deine Tonne wünschte, und die Welt hat genug an Einem Diogenes.«

Das weiß ich eben nicht; aber das ist gewiss, dass sie unter zwei Alexandern in Trümmern gehen würde.

»Du sagst die Wahrheit, alter Mann! – Lebe wohl.«

Die Republik des Diogenes

An Xeniades

1.

Ich habe dir *meine Republik* versprochen, guter *Xeniades,* und der Besuch eines mazedonischen Jünglings, der auf Eroberung der Welt auszieht, hat mich in die Laune gesetzt, dir Wort zu halten.

Um den ungeheuern Einfall zu haben, aus allen Völkern des Erdbodens einen einzigen Staat zu machen, muss man - Alexander sein. So weit erstreckt sich meine Einbildungskraft nicht.

Ich will mir einbilden, ich wär' ein *weiser Zauberer,* der mithilfe einer *magischen Rute* alle seine Ideen realisieren könnte; und hätt' eine noch *unbewohnte Insel* vor mir liegen, welche groß und fruchtbar genug wäre, einige Hunderttausend Männer, mit den dazu gehörigen Weibern und Kindern, auf jeden Mann höchstens zwei Weiber und sechs Kinder gerechnet, hinlänglich zu ernähren.

Ich setze ferner voraus, dass diese Insel - ja, das ist eben die Frage, *was* ich voraussetzen soll? - Ob, zum Exempel, meine künftigen Untertanen noch *ungezeugt* und *ungeboren,* - oder zwar erwachsen aber noch *wild,* - oder ob sie wirklich schon so *poliziert,* so *geschickt,* so *wohl erzogen* und *fromm* sein sollen, als wir *Griechen* sind?

Die Sache verdient Überlegung.

2.

Alles wohl erwogen, denke ich, ich will sie *schon erwachsen* nehmen; es würde mir gar zu viele Mühe machen, bis ich so viele Leute gezeugt, geboren, und so weit gebracht hätte, dass sie ohne Führhand gehen könnten.

Doch - ich vergesse, dass ich ein *Zauberer* bin! Kann ich sie nicht mit einem einzigen Schlag meiner Rute machen, wie ich sie haben will? - Das ist kein geringer Vorteil; aber bei einem solchen Geschäft ist er unentbehrlich. Der Henker möchte eine Republik machen, wenn man die Leute nehmen müsste, wie man sie fände!

Ich hole mir also ungefähr hunderttausend hübsche Mädchen aus *Albanien, Iberien* und *Kolchis* zusammen, wo man sagt, dass sie am schönsten wachsen. - Es versteht sich, dass ich sie aus vier- oder fünfmal Hunderttausenden ausgesucht habe, - lauter große, starke, voll aufgeblühte

Dirnen, mit langen blonden Haaren, blauen Augen, hoher Brust, vollem Busen, runden ausgeschweiften Hüften, kurz mit allem, was die Kenner zur vollkommnen Schönheit und Gesundheit – einer Kindergebärerin fordern; – von Farbe lauter Lilien und Rosen und alle im zwanzigsten Jahre.

Diese Mädchen versetz' ich durch einen Schlag meiner Rute *mitten im Mai* in das anmutigste Tal am Fuße des *Antilibanus*. – Meine Geister haben indessen unter jedem Mandelbaum und Rosinenstrauch eine Tafel gedeckt: keine Niedlichkeiten von der Art, womit unsre Reichen sich langsam vergiften lassen; gute, nahrhafte, saftvolle Speisen, und frisches Quellwasser dazu, soviel sie wollen.

Sobald alles fertig ist, flugs holt mir hunderttausend hübsche junge Burschen aus *Hyrkanien* und *Baktriane* her! – Keine Adonisse, keine glatte halb weibliche Ganymeden, wie ihr korinthischen Herren, wer weiß wozu, in euern *Gynäceen* unterhaltet; – große derbe Bengel, die noch alle ihre Jugendkraft beisammenhaben, gewohnt in Wäldern herumzuschwärmen, und, wie lauter Herkulesse, ihren Landsleuten, den Tigern und Panthertieren, die Häute abzujagen, die um ihre breiten Schultern hangen.

Wie die Mädchen und die Jungen einander ansehen werden, – das könnt ihr euch vorstellen.

Die Natur mag itzt vollenden, was ich angefangen habe! – Ihr könnt euch darauf verlassen, dass sie gute Arbeit machen wird.

»Aber *wie?* Sagt ihr, – nichts als *Brunnenwasser* dazu? Keinen Wein von Thasos, von Chios, von Cypern?« – Keinen Tropfen! Glaubt ihr, meine Hyrkanier haben solche Stärkungsmittel vonnöten? Meine Mädchen würden euch solches Misstrauen sehr übel nehmen.

Die Morgenröthe bricht an. – Die Jünglinge wachen auf, und wollen auch die armen Kinder nicht länger ruhen lassen. – Nun, es mag sein, weil es doch das letzte Mal ist! Und dann, meine Geister, tragt mir sie, ebenso plötzlich, als sie gekommen sind, wieder in ihre Wälder zurück; ich habe sie nicht mehr vonnöten.

Juno Lucina steh' uns bei! In neun Monaten hab' ich zum wenigsten hundertunddreißigtausend kleine Bübchen und Mädchen zu erziehen, jedes Mädchen so lieblich wie eine Grazie, jeder Knabe so schön wie der junge Bacchus. –

Und nun lasst sehen, ob ich euch nicht eine Republik daraus machen will, wie noch keine gewesen ist!

3.

Ich weiß es mir selber Dank, dass ich mir die künftigen Einwohner meiner Republik nach meiner eigenen Idee habe machen lassen; - oder, richtiger zu reden, dass ich es *der bloßen unverdorbenen Natur* aufgetragen habe, sie zu machen, wie sie es selbst für gut befände. Denn, die Wahrheit zu gestehen, ich würde in zwanzig Jahren nicht mit allen den Veränderungen fertig geworden sein, die ich mit euern *polizierten Griechen* und *Asiaten* hätte vornehmen müssen, bis sie nur einigermaßen in meinen Staat getaugt hätten.

Ich wohnte neulich den *isthmischen Spielen* bei. Welch eine unendliche Menge Volks, von Königen und Königinnen, bis zu - Sklavenmäklern und Citronenmädchen, übersah ich da mit Einem Blicke! Wie viele Gattungen und Arten, in fast unzählbaren Subdivisionen! - Staatsmänner, Archonten, Räte, Redner, Advokaten; Heerführer, Oberste, Hauptleute bis zu den Helden, die des Tages für achtzehn Pfennige dienen; Priester, Poeten Geschichtsschreiber, Philosophen, Maler, Bildhauer, Musikanten, Baumeister, Meister in allen notwendigen und entbehrlichen Künsten, Wechsler, Kaufleute, Seefahrer, Juwelenhändler, Spezereikrämer, Weinhändler, Köche, Pastetenbäcker; Komödianten, Mimen, Seiltänzer, Gaukler, Taschenspieler, Beutelschneider, Schmarotzer, Kuppler; - und unter allen diesen Kluge, Witzige, Dummköpfe, ehrliche Leute, Spitzbuben, Ehrgeizige, Niederträchtige, Wucherer, Verschwender, Weichlinge, Narren und Gecken von so vielerlei Arten, Gattungen, Geschlechtern, Figuren, Farben und Zuschnitt, dass *Aristoteles* in seinem ganzen Leben nicht fertig würde, wenn er sie klassifizieren wollte.

Was für ein mächtiger Gott ist *der Zufall*! Dacht' ich bei mir selbst. Welcher Philosoph getraute sich, aus so ungleichartigen Bestandteilen ein erträgliches Ganzes zusammenzusetzen? - Und dieser *Zufall* hat alle unsre kleinen Reiche und Staaten daraus zusammen gestöbert; und doch sehr ihr, dass es nach Gestalt der Sachen noch so ziemlich erträglich darin zugeht.

Indessen gesteh' ich, der Fehler mag nun an meiner Republik oder an was anderm liegen, dass ich die wenigsten von allen diesen wackern Leuten zu gebrauchen wüsste.

Fürs erste müsste ich die ganze Klasse der *Staatsleute* abdanken; denn meine Republik muss *von sich selbst* gehen, wenn sie einmal aufgezogen ist, oder ich wollte keine faule Mispel um sie geben.

Soldaten? – Meine Leute sollen *glücklich sein, ohne es zu scheinen.* Man soll es nicht der Mühe wert halten, sie anzufallen; und vor bloßen Räubern fürchten sie sich nicht. Es sind starke nervige Gesellen, welche die Keule so gut zu führen wissen als Ihr einen Luftfächer; sie sollen euch gewiss die Lust, ihre Weiber und Töchter zu entführen, beim ersten Versuche vergehen machen!

Baumeister? – Paläste, Tempel, Amphitheater werden wir nicht nötig haben; und um uns von gutem Holze kleine saubere Häuschen zu bauen, wenn Jahrszeit und Witterung und die freie Luft verbieten, dazu brauchen wir keine Baumeister.

Wir werden uns mit dem begnügen lassen, was die *Natur* auf unsrer Insel wachsen lässt, und das werden wir alles *für uns selbst* brauchen. Wir haben also nichts zu *handeln* oder zu *tauschen*: Eure *Seefahrer* oder *Negozianten* können nur weiter reisen; bei uns ist nichts zu tun.

Eure *Wollen-* und *Seidenfabrikanten* sollten wir auch entbehren können. – Ich werde dafür sorgen, dass in den Wäldern unsrer Insel der Bären, Wölfe, Luchse und Füchse so viel sein sollen, als meine Leute zu ihrer Winterkleidung vonnöten haben; und für Sommerkleider will ich die ganze südliche Seite mit Wollenbäumen bedecken. Unsre Weiber und Mädchen sollen die Wolle selbst sammeln, spinnen, weben, auch färben, wenn sie wollen, und sich artige, niedliche Gewänder daraus machen; denn sie sind so gern geputzt als die Eurigen.

»Und warum Gewänder?« wird ein *Gymnosophist* fragen.

Erstlich, weil Luft und Sonne den Rosen und Lilien ihrer Haut schädlich sein würden; und dann, weil ich nicht für gut finde, dass sich die Augen meiner Knaben und Jünglinge mit den Schönheiten ihrer Liebsten so gemeinmachen sollen, um sie vom ersten Anblick auswendig zu wissen.

Den ganzen Zug der *üppigen Künste,* die eurer Prachtliebe und Weichlichkeit dienen, weiß ich zu nichts zu gebrauchen. Ich denke sogar, dass wir euch eure *Maler* und *Bildhauer* lassen werden. Ich tu' es ungern; aber die Furcht, dass es einem von ihnen etwann einfallen könnte, seinem Bildchen eine Kapelle zu bauen und sich selbst zum Priester davon zu weihen, überwiegt alle meine Liebe zu diesen Künsten. Im Grunde kann ich ihrer auch sehr wohl entbehren. Findet einer von meinen Jünglingen seine Geliebte so schön, dass er ihre Gestalt *verewigt* zu sehen wünscht: – so mag ihm Amor helfen, eine lebendige Kopie von ihr zu machen; sie wird allemal schöner und dauerhafter sein, als das schönste Bild, das ein *Lysippus* oder *Apelles* von ihr machen könnte.

Eure *Köche, Pastetenbäcker, Näschereienkrämer, Parfümierer, u.s.f.* - weg damit! Die *Natur* soll meinen Leuten entweder selbst kochen, oder sie kochen lehren. - Ihr Naschwerk soll ihnen auf Bäumen und Stauden wachsen; - und meine Weibsleute sollen die reinlichsten, niedlichsten und wohlriechendsten Dinge von der Welt sein, ohne was anders dazu nötig zu haben, als frisches Brunnenwasser, einen Strauß am Busen, und Rosenblätter auf ihre Matratzen, oder auf den weichen Grasboden, wo ich euch, *unter gewissen Bedingungen*, erlauben werde, sie im Schlaf zu überraschen.

Eure *Sophisten, Geschichtsschreiber, Dichter, u.s.w.* - sie werden mir vergeben; aber ich weiß nichts mit ihnen anzufangen. Die Hälfte von ihrer Gelehrsamkeit wäre genug, meine Kolonisten unwiederbringlich um ihr bisschen Mutterwitz zu bringen. - Zu *Dichtern* soll sie die Liebe oder die Freude machen. Aus euern *Geschichtsschreibern* würden sie nur Laster kennenlernen, die sie nicht kennen sollen, oder Tugenden, die ihnen zu nichts nütze wären. Von *Philosophie* brauchen sie keine andre als die Philosophie des Diogenes, - und diese sollen sie von ihren Müttern und Ammen lernen! - Also, Gott befohlen, meine Herren.

Schauspieler, Mimen, Tänzer, und was unter diese Rubrik gehört; - es mögen in Republiken, wie die Eurigen sind, ganz brauchbare Leute sein! Sie machen das Volk seines Leides vergessen, und desto besser für die Regenten! Aber, bei *uns* taugten sie nichts. - *Tanzen* soll meine Jugend von der Fröhlichkeit lernen. Lasst ihnen noch was dazu auf einer ländlichen Pfeife aufspielen, um sie im Takt zu erhalten, so wette ich, was ihr wollt, ihr werdet selbst kommen und ihnen ihre kunstlosen Tänze ablernen. Ihr werdet sie auf euern Tanzsälen nachmachen wollen: Aber die herzliche Freude, welche die Seele davon ist, werdet ihr nicht nachahmen können; die muss man *fühlen*; und um sie in ihrer ganzen Lauterkeit zu fühlen, müsstet ihr Einwohner meiner Insel sein. - *Mimen* würden sich in einem so einfältigen Volk als das Meinige ist nicht verständlich machen können; und *Schauspieler*, was wollten sie uns aufführen? - *Tragödien*? - Warum sollte ich die schönen hellen Augen meiner jungen Weiber ohne Not in erkünstelten Tränen baden? - *Komödien*? - Wir werden nicht mehr Narrheit unter uns haben, als so viel man schlechterdings braucht, um weder gar zu dumm noch gar zu weise zu sein; und das ist nicht Narrheit genug, um Fratzenbilder hervorzubringen, die ein Parterre wiehern machen. - Kurz, wir wollen schon Mittel finden uns die Zeit zu vertreiben; behaltet immerhin eure Zeitvertreiber für euch selbst! Und zu dem, womit wollten wir sie *bezahlen*?

»Aber, *Ärzte* muss man doch haben?« - Schlimm genug, wenn *ihr* sie haben *müsst*! - Ich ehre die *Hippokraten*; sie sollen willkommen sein, wenn sie zu uns kommen wollen; aber zu tun werden sie wenig finden. - Die Luft auf unsrer Insel ist eine gesunde Luft; und bei der einfältigen Lebensart, die wir führen, bei der Mäßigkeit unsrer Tafel, bei der Heiterkeit unsers Gemüts, ohne Sorgen, ohne Kummer, ohne Ehrgeiz, ohne andre als wohltätige Leidenschaften und ergetzende Fantasien, die uns in einem angenehmen Gefühl unsers Daseins erhalten, wozu sollten wir Ärzte bedürfen? - Wir wollen euch zu uns bitten, meine Herren, sobald wir einer gar zu einförmigen Gesundheit überdrüssig sind.

Den ganzen übrigen Tross der Leute, welche von der Behändigkeit ihrer Hände, oder der Geschmeidigkeit ihrer Zunge, oder der Beweglichkeit ihrer Hüften, oder der Gefälligkeit gegen eure Leidenschaften, Absichten und Launen leben, - wollte Gott, dass ihr Mittel fändet, eure Staaten von diesem Auskehricht zu reinigen! Es gibt allenfalls noch eine Menge unbewohnter Inseln, wohin ihr sie verpflanzen könnet. - Die Unsrige ist schon besetzt.

4.

Sie ist gerade so, wie sie Aristoteles haben will: nicht zu kalt und nicht zu warm, ihre Luft rein und gelinde, ihr Erdreich fruchtbar, ihre Wälder voll Wild, ihre Gehölze voll Lerchen, Nachtigallen und Distelfinken, ihre Flüsse und Bäche voll Fische, ihre Anger und Täler mit Herden, und ihre Felder mit Reis und Weizen bedeckt.

Ihr sehet, dass ich Vorrat auf viele Jahrhunderte habe, wenn sich meine Leute nur eine kleine Mühe geben wollen, den Reichtum zu erhalten, in den ich sie einsetze.

Weil es mich nur einen Schlag mit einer Rute kostet, so habe ich ihnen die Hütten bauen lassen, worin sie künftig wohnen sollen.

Sie sind alle von gutem Zedernholze gebaut, mit Palmblättern bedeckt, geräumig, gleichförmig, ungekünstelt, und durch den ganzen bewohnbaren Teil meiner Insel (meistens plattes Land) in gleicher Entfernung zerstreut. Ich habe ihrer ungefähr *sechzigtausend* bauen lassen; wenn wir künftig mehr gebrauchen, oder wenn die alten baufällig geworden sind, so mögen meine Insulaner selbst für neue sorgen.

»Das ist bald gesagt: - aber dazu werden sie Äxte und Sägen vonnöten haben; denn mit den Zähnen wie die Biber werden sie ihre Bäume schwerlich zu Balken und Brettern nagen, und um Äxte und Sägen zu haben, müssen sie Eisengruben, Schmelzhütten und Eisenhämmer haben; und um diese zu haben, müssen sie -«

Der Henker hole alles, was sie haben müssten! Das würde mir meine ganze Republik zugrunde richten. Sie sollen in *Lehmhütten* wohnen!

Aber das wäre zu unreinlich, und meine Leute sollen keine schmutzigen Leute sein.

Also Höhlen und Grotten! - Aber dazu werden wir nicht Felsen genug auf der Insel haben, wenn sie auch alle in lauter Grotten ausgehauen wären; und Städte kann ich aus gewissen Ursachen schlechterdings nicht bauen lassen.

Ich weiß mir nicht zu helfen; - anders nicht, als dass ich sie ein- für allemal mit Äxten, Beilen und Sägen versehe, und dafür Sorge, dass wenigstens alle zwanzig Jahre ein Schiff mit dergleichen Werkzeugen - an ihrer Küste *scheitern* muss.

Hab' ich mir nicht gerade solcher Fälle wegen eine Zauberrute ausbedungen?

5.

Nun ist es Zeit, dass ich meine Kolonie in ihre neue Wohnung einführe.

Ich habe sie, kraft meines magischen Stabes, die ersten achtzehn Jahre ihres Lebens wegschlummern lassen; und nun erwachen sie sämtlich, Jünglinge und Mädchen, auf einmahl mit dem Wuchs, der Stärke und vollen Blüte des achtzehnten Jahres, reif zu jedem süßen Gefühl ihres Daseins, und zu dem ganzen kleinen Kreise angenehmer Verrichtungen, in welchen die Natur ihre Tätigkeit einschränkt.

O Amor, und du, freundliche Venus, alles vermehrende Gottheiten, - euch ruf' ich jetzt für meine Kinder an! Euch kommt es zu, den süßen und mächtigen Trieb, der, indem ich sie einander entgegen führe, zum ersten Mal in ihrer Brust klopfen wird, zu entwickeln, und, was ohne euch ein bloßes Spiel der Fibern wäre, zu Liebe und zärtlicher Empfindung zu bilden.

Man denke nicht, dass ich hier einen *Gott aus der Maschine* hervor rufe; ich habe des höhern Beistandes, den ich erbitte, mehr als zu sehr vonnöten. Es ist keine so geringe Sache, hundertunddreißigtausend Leute von achtzehn Jahren auf ihr ganzes Leben glücklich zu machen. Wie es nur darum zu tun war, sie *machen* zu lassen, dazu hatte ich nichts als den *Instinkt* vonnöten; sie gerieten nur desto besser. Aber nun, da sie gemacht *sind*, sie auch *glücklich zu machen*, oder vielmehr, weil die Natur so ziemlich dafür gesorgt hat, zu verhindern, dass sie nicht aus Unverstand und Unerfahrenheit sich selbst unglücklich machen, – das ist der Punkt!

Ich wünschte, meine Zauberkunst möchte sich so weit erstrecken, dass ich *eine andre Art, ihr Leben und ihre Gattung zu erhalten*, für sie ausfindig machen könnte, als die gewöhnliche. Denn, alles ohne Vorurteile überlegt, ist doch nicht zu leugnen, dass das Bedürfnis des Essens und Trinkens, und ein gewisses andres, welches sich gemeiniglich anmeldet, wenn ihr wohl gegessen und getrunken habt, – die wahren Quellen der meisten Übel unter den Sterblichen sind. Lange schon vor der schönen *Helena* gab ein Ding, das ich nicht bei seinem rechten Namen nennen darf, Anlass zu tausend verderblichen Unordnungen; und wie wenig eigennützige und gewinnsüchtige Laster blieben übrig, wenn wir – von Luft und Sonnenstrahlen leben könnten!

Allein das ist nun nicht zu ändern! Meine armen Pflegekinder, hier nützt euch mein guter Wille nichts; ihr müsst euch nähren und begatten wie alle andre Erdenbewohner auch. Alles, was ich tun kann, ist, *die Natur für euch zu fragen, wie sie* haben wolle, dass ihr das eine und das andre tun sollet. Denn so unverschämt bin ich nicht, dass ich mir einbilden sollte, es besser zu wissen – als die Natur.

Fangen wir immer beim *Begatten* an; es ist wirklich der angelegenste Punkt: denn meine Jünglinge und Mädchen sitzen in diesem Augenblicke alle unter den Bäumen von ihren Wohnungen durch die ganze Insel zerstreut und werden von meinen dienstbaren Geistern mit einer frugalen Mahlzeit von Reis und Früchten bewirtet, worin künftig ihre gewöhnliche Nahrung bestehen wird. Nach der Tafel werden sie zum Tanzen aufstehen, – und bis dahin muss dieser Teil unsrer Gesetzgebung ins Reine gebracht sein. Die Sache leidet keinen Aufschub.

Plato hält die *Gemeinschaft der Weiber* für das unfehlbarste Mittel, die unschädlich zu machen. Das mag in *seiner* Republik gut sein, die aus *lauter Ideen* zusammengesetzt ist, und lauter Ideen zum Endzweck hat! – In der Meinigen, wo alles natürlich zugehen soll, würde diese Methode nicht gut tun. Die Bevölkerung meiner Insel würde darunter leiden; unsre Kinder würden in jedem Manne ihren Vater suchen, und ihn eben deswegen nirgends finden, weil es ein jeder andrer ebenso gut sein könnte als dieser oder jener. Die Liebe, aus welcher die Natur, wie mir deucht, eine Quelle von Glückseligkeit für uns machen wollte, würde bloß auf Bedürfnis und tierischen Instinkt herab gewürdigt. – Kurz, ich begreife nicht, wie meine Leute bei dieser Einrichtung so glücklich sein könnten, als ich sie gern machen möchte.

»Aber, sagt *Plato,* durch welches andre Mittel willst du den unzähligen Unordnungen vorbeugen, denen du durch Einführung des Eigentums unter beiden Geschlechtern tausend Pforten öffnest? – Und siehst du nicht, dass indem du deine Menschen in kleine Familien absonderst, dein Staat in unzählige besondere Gesellschaften zerstückelt wird, deren jede ein näheres Interesse hat als das allgemeine?«

Das sehe ich, göttlicher Plato, – *so wie ich sehe,* dass du allen den Unordnungen, die dir so fürchterlich vorkommen, dadurch abhilfst, dass du die Namen der Dinge umtauschest, und die *äußerste Unordnung* in deiner Republik zur *Ordnung* machst; – und *wie ich sehe,* dass du, um das *allgemeine* Interesse deines idealischen Staates zu befördern, alls die *Empfindungen* vernichtest, wodurch das allgemeine Beste für einen jeden Einzelnen *interessant* wird, oder, kurz zu sagen, wodurch ein allgemeines Interesse sich denken lässt.

Ich kann nichts dafür, dass die Natur so viele Öffnungen und Ritzen am Menschen gelassen hat, durch welche sich Irrtum und Verderbnis einschleichen kann.

Aber, bei allem dem, will ich mich zu einem Priester der *Mutter Berecynthia* machen lassen, wenn das nämliche wunderliche Ding, wovon ich euch sagte, auf meiner Insel nicht tausendmal weniger schlimme Händel veranlassen soll, als auf allen euren Inseln, Halbinseln und festen Ländern der ganzen Welt.

Ich habe ungefähr sechzigtausend Knaben, und zehntausend Mädchen mehr als Knaben, – die ich wahrlich nicht der Diana zu weihen gedenke! – Wie? Ich sollte zehntausend schöne, frische, vom gesundesten Blute strotzende Mädchen brachliegen lassen? – Nicht eine Einzige, so wahr ich Diogenes, meiner Mutter Sohn, bin!

Nun ist kein ander Mittel als, entweder für diese zehntausend Mädchen ebenso viele neue Jünglinge machen zu lassen; – und das ist mir jetzt gerade nicht gelegen; oder, sie unter alle sechzigtausend zu verteilen; und das wäre wider meinen *Anti-Platonismus;* oder –

Dacht' ich's nicht? – Sie sind des Tanzens bald müde geworden; Paar und Paar, oder drei und drei, wie die Grazien, haben sie sich in die anmutigen Gebüsche geschlichen, womit sie ihre Wohnungen, wie mit Kränzen durchflochten haben. – Nun kann ich mir die Müh ersparen, auf Auswege zu denken! Amor und seine Mutter würden meiner spotten, und es ginge doch weder besser noch schlimmer als sie es haben wollen. Lieber will ich mirs gutwillig gefallen lassen.

Alles, o ihr holden Götter der Liebe, sei demnach euerm Einfluss überlassen! Stiftet an diesem Abend, dem Einweihungsfeste meiner Republik, so viele Bündnisse, als ihr wollt und könnt. Weder das blinde Los, noch ein fremder Befehl, dem das Herz sich selten unterwirft, soll der Ehestifter bei meinen Pflegekindern sein. Ich begebe mich, für jetzt und allezeit, aller Willkür, die ich mir, unter welchem Vorwand es sei, über sie anmaßen könnte. *Amor* allein hat das Recht über ihre Herzen zu gebieten. Ich denke, er wird meine zehntausend Mädchen nicht vergessen. Kann er zehntausend von ihren Schwestern überreden, sich mit ebenso vielen Jünglingen in Güte zu vertragen, wer hat was dawider einzuwenden? –

»Aber werden die übrigen fünfzigtausend Jünglinge nicht eifersüchtig werden?« –

Nein, wenn jeder seine Schöne so lieb hat, als ich einst meine *Glycerion.*

»Aber wenn das nun nicht wäre?« –

So mögen sie selbst zusehen! Ich kann nicht für alles Rath schaffen.

6.

Wenn sich doch eure Könige und Fürsten vorstellen könnten, wie angenehm es ist, eine Menge von Leuten glücklich zu machen! In meinem Leben hat mir nichts ein so vollkommnes Vergnügen gemacht, als die Vorstellung, hundertunddreißigtausend liebenswürdige junge Geschöpfe wenigstens auf vierundzwanzig Stunden glücklich gemacht zu haben.

Meine *Ehegesetze* sind in Ordnung gebracht; in zwanzig Jahren hoff' ich, meine Insel ziemlich bevölkert zu sehen.

Ob es eine ewige Liebe gibt? – Das weiß ich nicht. So viel ist gewiss, dass es unbesonnen wäre, einander ewige Liebe zu *schwören*, so geneigt man mit sechzehn Jahren dazu ist; aber ewige Liebe schwören *müssen* – Nein, meine Kinder, ich will euch keinen Anlass geben, einander desto eher überdrüssig zu werden!

Wem die Freiheit, die ich meinen Insulanern lasse, anstößig ist, der muss (denk' ich) gewohnt sein, die Welt mit dem halben Durchmesser des kleinen Kreises zu messen, den er um sich selbst und den Ort wo er etwas zu bedeuten hat, eine oder zwei Stunden scheibenweise herum zieht. Es ist nichts alberner, als alles lächerlich oder ärgerlich finden, was anders ist als bei uns. In Grunde läuft doch der ganze Unterschied darauf hinaus, dass *ihr* euch die Freiheit *selbst nehmt*, die ich meinen Untertanen *lasse*, weil ich nicht gern Gesetze gebe, bloß damit ich fein viel zu *dispensieren* und zu *strafen* bekomme.

Ich sehe nicht, warum die Ehen in meiner Insel nicht dauerhaft sein sollten. Ehrgeiz, Interesse, Unverträglichkeit der Gemüter, tödliche Feindschaft, Unvermögen, oder wie die andern Ursachen eurer Ehescheidungen heißen, finden bei uns nicht statt. – Doch erlaube ich meinen Leuten, in gewissen Umständen einen Tausch zu treffen, insofern es mit gutem Willen der sämtlichen Interessenten geschieht.

Diejenigen, welche, ohne jemals zu tauschen, vierzig Jahre miteinander gelebt haben, werden öffentlich mit einem Kranze von Jasmin und Myrten gekrönt, und erhalten dadurch das Recht, bei allen Festen mit einem solchen Kranz um die Stirne oben an zu sitzen, und bei den Versammlungen zuerst ihre Meinung zu sagen.

Eine Schöne – (*hässliche* gibt es überhaupt in meiner Insel nicht) welche überzeugt werden kann, zwei Liebhaber *zugleich* zu begünstigen, wird verurteilt, drei Monate lang bei allen Festen und öffentlichen Lustbarkeiten mit sechs Daumen hohen spitzen Schuhen, und einem achtzehn Daumen hoch aufgetürmten Aufsatz von Ziegenhaaren zu erscheinen. – Eine Strafe, die in den Augen meiner Insulanerinnen so entsetzlich ist, dass es auf dem ganzen Erdboden – keine *behutsamern* Geschöpfe gibt als sie.

Übrigens ist auf meiner Insel nicht erlaubt, sich in fremde Liebesangelegenheiten einzumischen. Der oder diejenige, welche sich beigehen ließe, einem zärtlichen Paar in eine Grotte nachzuschleichen, oder einem Manne zu verraten, dass man seine Frau mit einem andern hinter einem Rosenstrauche habe sitzen sehen, wird ohne die mindeste Nachsicht in einen Nachen gesetzt, und mit einem guten frischen Landwinde, unter höflicher Empfehlung an die Tritonen und Nereiden, ins hohe Meer geschickt. Eine einzige solche übeltätige Kreatur würde hinlänglich sein, den Samen der Zwietracht in meiner ganzen Insel auszusäen.

Ihr werdet mir einwenden, dass es bei so gestalten Sachen unmöglich sei, eine Schöne jemals zu überweisen, dass sie zwei Männer zugleich begünstige.

Schwer ist es, ich gesteh' es, aber nicht unmöglich. Denn es würde unmöglich gewesen sein, von dem Gesetze, dessen ich eben erwähnte, den Mann oder die Frau nicht *auszunehmen*, welche selbst unmittelbar bei einem solchen Fall interessiert wären. Gesetzt, ich sähe meine eigene Frau mit einem andern die Einsamkeit suchen, so ist mir (falls ich unhöflich genug wäre sie zu überraschen) nicht nur erlaubt, sie zur Strafe der spitzigen Schuhe und der Pyramide von Ziegenhaaren zu ziehen: Sondern ich bin auch berechtigt, ihren Liebhaber anzuhalten, mir, wofern ich anders Lust zum Tausche habe, seine Frau gegen die Meinige abzutreten.

Indessen versichern mich meine Geister, welche die Gabe haben, die Begebenheiten der moralischen Welt auf etliche Jahrhunderte hinein so genau auszurechnen, als unsre Sternseher die Sonnenfinsternisse, - dass dieser Fall sich in den ersten fünfundzwanzig Jahren meiner Republik kaum *fünf-* oder *sechsmal* ereignen werde; welches (denke ich) *fünf* oder *sechs tausendmal* weniger ist, als in jedem andern Staate (eine gleiche Anzahl von Einwohnern vorausgesetzt) in einem einzigen *Monat* geschehen könnte.

Amor (für den ich übrigens alle Ehrfurcht hege, die ich ihm schuldig bin) wird mir verzeihen, wenn ich sage, dass er seiner Natur nach ein loser Vogel ist, der sichs schlechterdings nicht wehren lässt, von Zeit zu Zeit eine kleine Schelmerei zu begehen. Ich kann ihn nicht anders machen; und ich fordre alle eure Gesetzgeber und Sittenlehrer heraus, ihn anders zu machen, wenn sie können.

Was blieb mir also übrig, als ihm entweder die Flügel gar abzuschneiden, - und wenn ihr auch *dazu* entschließen könnt, so schneidet ihm ebenso wohl auch alles andre ab, was sich abschneiden lässt, - oder die *Behutsamkeit* unter meinem Volke zu einer der vornehmsten Tugenden zu machen? Wie sie es auch in der Tat ist, ihr möchtet leben, wo und in welchen Umständen ihr wolltet.

Das Wort *Eifersucht* habe ich aus den dreihundertundfünfundsechzig Wörtern, woraus die Sprache meiner Insel besteht, gänzlich ausgeschlossen. - Hab' ich unrecht daran getan?

7.

Ich habe um jede Wohnung in meiner neuen Kolonie einen kleinen Hain von fruchtbaren Bäumen und Stauden, einen kleinen Garten, ein Feld mit Reis und ein Wäldchen von Wollenbäumen anlegen lassen.

Jede kleine Familie hat Platz genug zum Anbau; je mehr sie sich verstärkt, je mehr Hände zum Arbeiten.

Die Männer bestellen ihr Feld und ihren Garten, oder fischen, oder jagen in den gemeinschaftlichen Wäldern; die Jünglinge und Mädchen hüten und besorgen, solange sie in den Schäferjahren sind, die Herden; und die Frauen beschäftigen sich mit dem Innern der Haushaltung; sie pflegen den Garten, sie bereiten die Mahlzeit zu, und die Baumwolle gewinnt unter ihren schönen Händen alle die mannigfaltigen Gestalten, worin sie geschickt wird, ihnen den Mangel aller persischen und indischen Manufakturen zu ersetzen.

Bei allen diesen Arbeiten, welche nicht mehr sind, als meine Leute bedürfen, um mit besserm Appetit zu essen und desto süßer zu schlafen, bleibt ihnen noch Zeit genug zu den Vergnügungen, in welchen eigentlich der Genuss des Lebens besteht.

Der Vater behält Zeit genug mit seinen Kindern zu tändeln, und tändelnd seine Knaben den Bogen gebrauchen, oder sein Frühstück mit dem Wurfpfeil verdienen zu lehren; indes die jungen Töchter von der schönen Mutter den Gesang der Nachtigall nachahmen, oder die Lieder irgendeines dichterischen Schäfers auf der Zither begleiten lernen.

Des Abends versammeln sich gewöhnlich etliche benachbarte Familien unter den Bäumen einer anmutigen Gegend, Gesang und Scherz verkürzt die geselligen Stunden; sie sehen den Spielen ihrer Kinder zu, und erinnern sich dabei des süßen Traumes ihrer eigenen Kindheit.

Ich gestehe, dass ich viel auf *Müßiggang* und *Ergötzlichkeiten* halte. Arbeit ist ein *Mittel* zum Zweck unsers Daseins; aber sie ist nicht der *Zweck* selbst.

Meine guten Pflegekinder! Ihr habt, wenn ich die Zeit, die ihr verschlaft, abrechne, höchstens vierzig oder fünfzig Sonnenjahre zu leben; und ich sollte nicht alles in der Welt anwenden, damit ihr eures Daseins froh würdet?

Der Stiftungstag meiner Republik, der Anfang jeder Jahreszeit und jedes Monats, und die Ernte und Weinlese, sind *öffentliche Feste*, wo der Geist einer allgemeinen Fröhlichkeit durch meine ganze Insel weht.

Diese *Feste* sind das vornehmste Mittel, wodurch ich Eintracht, Geselligkeit und allgemeines Wohlwollen unter meinem Volk erhalte. Es sind eigentlich die Tage, wonach sie ihre Leben messen. Ich habe schon dreizehn *Rosenfeste* erlebt, sagt ein Mädchen, wenn sie sagen will, dass sie dreizehn Jahr als sei. – Es sind die Tage, auf die man sich an allen übrigen freuet, und mit deren Erwartung man sich zum Fleiß ermuntert. Die Mädchen und Frauen arbeiten emsiger, um am nächsten Feste in einem niedlichern Anzug zu erscheinen, und die Männer beeilen sich für einen hinlänglichen Vorrat zu sorgen, um sich nach ihrer einfältigen Art mit ihren Nachbarn gütlich tun zu können.

Überhaupt getraue ich mir zusagen, dass schwerlich noch ein andres Land in der Welt ist, wo man die Glückseligkeit, unter einem Baume zu liegen und von *Nichtstun auszuruhen*, in einem höhern Grade genösse; oder wo an festlichen Tagen die Freude geselliger, sympathetischer, allgemeiner, und dabei unschuldiger und seltsamer wäre als in meiner Insel. Mein Volk ist eine gutherzige, muntre, jovialische Art von Geschöpfen, die sich miteinander freuen, dass sie da sind, und keinen Begriff davon haben, wie man es machen müsste, um einander das Leben zu verbittern, oder warum man es tun sollte. Ich habe ihnen alle Gelegenheit benommen, auf so unnatürliche Gedanken zu kommen.

In der vollkommnen Überzeugung, dass jeder Schritt, der sie von der Einfalt und Genügsamkeit der Natur entfernte, sie von der Glückseligkeit entfernen würde, - hab' ich alle angewandt, um ihnen den Verlust dieser wohltätigen Einfalt *unmöglich* zu machen.

Der Erfinder eines neuen Tanzes, eines neuen Liedchens, einer neuen Melodie, wird durch das Vergnügen belohnt, das er seinen *Gespielen* (so nennen sich meine Insulaner untereinander) damit macht. Aber der Erfinder einer jeden andern Neuigkeit oder Neuerung, welche auf eine vermeinte Verbesserung ihrer Lebensart, ihrer Art zu wohnen, zu essen, zu schlafen, sich zu kleiden, oder ihrer Arbeit, ihren Sitten und der *Einförmigkeit* in allem diesem abzielte, würde sich ebenso, wie ein Störer der ehelichen Ruhe, die Belohnung zuziehen, in einen Nachen gesetzt und auf ewig in den weiten Ozean verwiesen zu werden.

Das Schöne und Gute fließt in einer einzigen sanften Wellenlinie zwischen unzähligen Abweichungen fort: es ist seiner Natur nach *einförmig;* wenn man es einmal besitzt, so geht jede Veränderung - *ins Schlimmere,* eure Sophisten mögen sagen, was sie wollen.

Um sie vollkommen zu überweisen, lasst mir nur einen einzigen jungen Athener kommen, und seht, was er in acht Tagen aus meiner armen Republik gemacht haben wird.

In rauschendem Purpurgewande, mit Silberblumen durchwirkt, schwimmt mein artiger junger Herr daher, von arabischen Ölen und Essenzen duftend, zierlich gelockt, zierlich beschuht, kurz, um und um schimmernd wie Phöbus Apollo, wenn ihm die Stunden die goldne Pforte des Morgens öffnen. Was für Ausrufungen er macht, indem er meine Schönen in ihrem einfältigen Putz von selbst-gesponnener Wolle sieht, die Haare kunstlos mit Blumen durchflochten, ohne Ohrengehänge, ohne Ringe, ohne Blumen von bunten Edelsteinen in den Locken! Was für Ausrufungen beim Eintritt in ihre Hütten, bei ihren Mahlzeiten, bei ihren

Festen, bei ihren Tänzen! - »Götter, wie reizend würden diese Mädchen sein, wenn die Erziehung ihrer glücklichen Anlage zu Hülfe käme! Wie schade, dass so liebenswürdige Geschöpfe eine so elende Lebensart führen sollen!« - Wir sind glücklich, junger Fremder! - »Glücklich nennt ihr das? - Arme Geschöpfe! Ich bedaure eure Unwissenheit.« - Und nun beschäftigt er sich sie aus dieser Unwissenheit zu ziehen, von welcher wirklich ihre Glückseligkeit abhing. Es wird ihnen schwer, ihn zu verstehen. Aber was er ihnen nicht beschreiben kann, das zeigt er vor; sein Putz, sein Geschmeide, sein Gold, ein ganzer Hausrat von hundert kleinen artigen Gerätschaften, die er bei sich trägt, und wovon sie den Gebrauch ewig nicht erraten hätten. - Dies macht Eindruck; man fängt an zu merken, dass man unwissend, arm, einfältig ist. Tausend neue Begierden steigen in den betrognen Seelen auf, und stören den ruhigen Schlummer ihrer noch unentwickelten Fähigkeiten. Mein gefälliger Verführer bedient sich der unglücklichen Anlage, die er ihnen zu geben angefangen hat. Er lässt sich einen Palast unter ihnen bauen, er gibt ihnen Gold, Künste, Wissenschaften, Gewerbe, - er macht sie auf etliche Tage glücklich; sie sehen ihn für eine wohltätige Gottheit an, und was kann ihre Dankbarkeit weniger tun, als sich ihm zu Sklaven zu ergeben?

Was wird die Folge davon sein?

In weniger als zwanzig Jahren wimmelt es in meiner Insel von Handwerkern, Künstlern, Handelsleuten, Seefahrern, Staatsmännern, Priestern, Soldaten, Richtern, Advokaten, Finanzpachtern, Ärzten, Philosophen, Dichtern, Komödianten, Mimen, Gauklern, Taschenspielern, Beutelschneidern, Kupplern, Spitzbuben und - Bettlern, so gut als bei den *isthmischen Spielen*. Der wohltätige Athener! Sein Geschenk war die *Büchse der Pandora*. Wir gaben ihm unsre Freiheit, unsre Ruhe, unsre Gesundheit, unsre sorglose Fröhlichkeit, unsern glücklichen Müßiggang; und er gab uns dafür Bedürfnisse, Leidenschaften, Torheiten, Laster, Krankheiten, Sorgen, Kummer, hohle Augen und eingefallne Wangen. - Wie glücklich hat er die Republik des Diogenes umgeschaffen! Seine Insel ist nun, Dank sei euern Künsten und Wissenschaften, was alle eure Inseln sind!

Das war es eben, was ich euch beweisen wollte.

8.

Ich habe euch schon so viel von meiner Denkensart merken lassen, dass es beinahe unnötig ist, von der *Staatsverfassung* meiner *Republik* zu sprechen. Sie ist sehr einfach; ihre Erfindung hat mich keine halbe Stunde Zeit gekostet.

Den Unterschied ausgenommen, den die Natur selbst macht, sind alle meine Leute einander *gleich;* – und sie ersuchen den *Aristoteles* durch mich, nicht übel zu nehmen, dass sie den Satz: »der Stärkere sei der natürliche Herr des Schwächern,« für einen der garstigsten Sätze halten, die jemals von dem Gehirn eines Philosophen abgegangen sind.

Der Stärkere ist *der natürliche Beschützer* des Schwächern, das ist alles. Seine Stärke gibt ihm kein Recht, sie legt ihm nur eine Pflicht auf.

Bei der ungekünstelten ländlichen Lebensart meiner Insulaner, bei ihren wenigen Bedürfnissen, bei der Vorsicht, die ich gebraucht habe einer gar zu engen Vereinigung unter ihnen vorzubauen, bei dem gerechten Vertrauen, welches ich in die Güte der Natur setze, und bei den wenigen Gesetzen, die ich ihnen eben darum zu geben nötig befunden habe, – begreif' ich nicht, warum ich einen so großen Grad von Verderbnis bei ihnen besorgen soll, dass ich bewogen werden könnte, ihnen *im Voraus* eine künstliche Polizei zu geben.

Sollten sich, wider besseres Verhoffen, kleine Zwistigkeiten unter meinem Völkchen entspinnen, oder sollte jemand, es sei nun aus Mutwillen oder Eifersucht oder böser Laune, sich so sehr vergessen, einem andern zu tun, was er nicht haben wollte, dass man ihm täte: So wird es so schwer nicht sein, ohne Advokaten und Richter, ohne erste, zweite und dritte Instanz, alles gar bald wieder in den alten Stand zu setzen.

Gemeiniglich ist der Handel so unerheblich, dass er, mit etwas Geduld auf der einen Seite und mit einer kleinen Wiederkehr zu sich selbst auf der andern, leichtlich beigelegt werden kann.

Im Notfall werden ein paar Nachbarn zu Schiedsrichtern erbeten, und man unterwirft sich ihrem Ausspruch ohne Widerspenstigkeit.

Gewalttaten sind unter einem so sanften Volk, als das Meinige, nicht zu besorgen; und allenfalls verlasse und mich darauf, dass die Empfindung des gemeinschaftlichen Besten, auf den ersten Ruf, so viele Arme bewaffnen würde, als nötig wäre, dem Unterdrückten gegen den Unterdrücker beizustehen.

Überhaupt hat ein Volk, das durch *Sitten* regiert wird, keine *Gesetze* vonnöten, solange es seine Sitten bewahrt. Und haben meine Insulaner einst die ihren verloren, so – sei ihnen der Himmel gnädig! Die Not wird sie alsdann so gut Gesetze machen lehren, als Plato und Aristoteles; aber, was sind Gesetze ohne Sitten?

9.

Weil kein Volk *ohne Religion* Sitten haben kann, so hab' ich diesen Punkt bei dem Meinigen nicht vergessen. Ich habe ihm eine Religion gegeben, die der ungemeinen Einfalt seiner ganzen Verfassung angemessen ist. Sie ist, ohne Ruhm zu melden, freundlich, wohltätig, friedsam, und hat überdies die besondere Tugend, dass sie sich nicht so leicht abnützt oder verdirbt als andere, und dass sogar ihr Missbrauch der Gesellschaft nur in einem sehr kleinen Grade nachtheilig werden könnte.

Ich würde mir ein Vergnügen daraus machen, nähere Nachrichten von ihr zu geben, wenn ich nicht besorgen müsste, aus gewissen Ursachen alle Priester der Götter Jupiter, Mars, Apollo, Merkur, Vulkan und Neptun, und der Göttinnen Juno, Kybele, Diana und Minerva, unzähliger Gottheiten vom zweiten Rang und der unterirdischen nicht zu gedenken, meiner armen Republik auf den Hals zu ziehen; eine desto gerechtere Besorgnis, da bekannt ist, dass Diophant, der Priester Jupiters, keiner von meinen Freunden ist.

Solon, ein so weiser Mann, dass ihr ihm unter euern *sieben Weisen* den ersten Platz gegeben habt, Solon, der Gesetzgeber von Athen, hatte in einem Alter, von welchem man am meisten Gravität zu fordern pflegt, Mut und Laune genug - - - - - - -[7]

10.

»Und wie lange, Diogenes, glaubst du denn dass das alberne Ding, das du *deine Republik* nennst, dauern würde?«

Die nämliche Frage tat ich an Alexandern: Aber ich beantworte sie nach meiner Manier. Sie wird so lange dauern, bis meine Insulaner - es sei nun von dem vorhin gedachten Athener, oder durch irgendeinen andern Zufall - mit allen den Vorteilen bekannt gemacht werden, die ihr vor ihnen voraushabt. Die *Unwissenheit*, die bei euch eines der größten *Übel* ist, ist bei meinem Volke die *Grundlage* seiner *Glückseligkeit*.

»Aber sollte es denn nicht möglich sein, (sagt ihr) Witz und Geschmack, Bequemlichkeit, Pracht, Überfluss und alle Vorteile der Üppigkeit, mit Ordnung und Sitten, mit allgemeiner Tugend und allgemeiner Glückseligkeit zu vereinigen?«

---

[7] Hier ist, zu großem Bedauern des Herausgebers, eine Lücke in der Handschrift, deren Ergänzung, wie er gestehen muss, über seine Kräfte geht.

Nichts leichter – in einem Staate, der, wie die Republik des Diogenes, eine – bloße *Schimäre* sein soll.

Ich wünschte, dass Alexander von Mazedonien oder der König von Babylon oder der erste beste König der euch beifällt, die Gnade haben wollte, meine Meinung durch eine Probe zu widerlegen. – Nun! Wer weiß, was in tausend oder zweitausend Jahren geschehen kann!

Das gestehe ich, dass für einen Zuschauer, der aus dem Mond oder Jupiter auf unsre Halbkugel herab guckte, die buntscheckige Gestalt derselben, in ihrer unendlichen Mannigfaltigkeit von Einwohnern, mit dreieckigen, viereckigen, runden und eiförmigen *Köpfen* – mit gebogenen, platten und aufgestülpten *Nasen* – mit langen oder wolligen, weißen, roten und schwarzen *Haaren* – mit weißer, brauner, braungelber, olivenfarbner, oder pechschwarzer *Haut* – von langer, mittelmäßiger, oder zwergiger *Statur*; – *gekleidet* in Gold- und Silberstoffe, Seide, Purpur, Leinwand, Baumwolle, Schafwolle, Ziegenfelle, Bären- oder Seehundhäute; oder *ohne Kleider*, mit ihren Schürzen oder Trichtern um die Hüften oder gar ohne Trichter und Schurz; – in *Häusern* von Marmor, Backsteinen, Holz, Schilfrohr, Lehm oder Kuhmist; – mit allen ihren Verschiedenheiten von Lebensart, Sitten, Barbarei, Polizei und Tyrannei; – mit allem ihrem Glauben an unzählige Arten von wohltätigen und übeltätigen Göttern und mit allen ihren Larven von falschen Tugenden und eingebildeten oder erkünstelten Vollkommenheiten, vor dem Gesichte: – – ich gestehe, sag' ich, dass dieser Anblick für den Zuschauer aus dem Monde (der weiter nichts dabei zu gewinnen noch zu verlieren hätte) ein viel *angenehmeres Schauspiel* wäre, als der Anblick eines so einförmigen Volkes wie meine Insulaner.

Diese Vorstellung könnte uns, durch einen einzigen Schritt vorwärts, auf den Gedanken leiten: Dass die Menschen nur dazu gemacht seien, dem Mutwillen irgendeiner mächtigen Art von Geistern zur Kurzweil zu dienen; – aber das ist ein so niederschlagender, gelbsüchtiger, hassenswürdiger Gedanke, dass ich es nicht einen Augenblick ausstehen kann, ihn für möglich zu halten.

Ich bin nichts weniger als ein Verächter eurer Künste und Wissenschaften. Sobald ein Volk einmal dahin gekommen ist, *ihrer vonnöten zu haben*, so kann es nichts bessers tun, als sie so weit zu treiben als sie gehen können. Je weiter ihr euch von der ursprünglichen Einfalt der Natur entfernt habt, je zusammen gesetzter die Maschine eurer Polizei, je verwickelter eure Interessen, je verdorbener eure Sitten sind: Desto mehr habt ihr der Philosophie vonnöten, eure Gebrechen zu verkleistern, eure streitenden

Interessen zu vergleichen, euer alle Augenblicke den Umsturz drohendes Gebäude zu stützen, so gut sie kann und weiß.

Aber dafür gesteht mir auch, dass eben diese Philosophie, wenn ihre wohltätige Wirksamkeit nicht durch eine unzählige Menge entgegenwirkender Ursachen gehemmt würde, euch von Grad zu Grad unvermerkt wieder zu eben dieser ursprünglichen Einfalt zurückführen würde, von der ihr euch verlaufen habt, - oder die Wiederherstellung der Gesundheit müsste nicht der Endzweck der Arznei sein.

In euerm jetzigen Zustande, was tun eure Philosophen, als dass sie euch ohne Aufhören beweisen, dass ihr beinahe über alles unrichtig denkt, beinahe immer unrecht handelt, und dass in eurer ganzen Verfassung, Polizei und Lebensart beinahe alles anders sein sollte, als es ist? - Das heißt den Kranken überzeugen, dass er krank ist. - Ihn *gesund* zu machen, das wäre der große Punkt! Aber ich wollte wetten, dass es ihnen eben so wenig Ernst ist, euch *gesund zu machen*, als es euch Ernst ist *gesund zu werden*. Ich könnte euch eine sehr gute Ursache sagen, *warum* ich es glaube; aber man muss nicht alles sagen, was man weiß.

Ich hoffe demnach, ihr werdet mir - in Erwägung, dass ich nichts dafürkann, wenn mir der Schnee weiß vorkommt - nicht übel nehmen, dass ich unmöglich begreifen kann, wie man mit zehntausend Bedürfnissen glücklich sein könne; oder, dass es eine so herrliche Sache sei, als ihr euch einbildet, eine so ungeheure Menge Bedürfnisse zu haben.

Bloß aus dieser Überzeugung hab' ich mich verbunden gesehen, den Einwohnern meiner Republik, da ich sie machen konnte, wie ich wollte, so viel Bedürfnisse zu ersparen als möglich war. Ich hätte keine Nacht ruhig schlafen können, wenn ich mir den Vorwurf hätte machen müssen: Wär' es nicht besser gewesen sie gar nicht zu machen, als sie unglücklich zu machen?

In Folge dieser Zärtlichkeit für meine Geschöpfe, und damit ich ihnen, so viel an mir ist, alle Gelegenheit ihre *Vervollkommenbarkeit* zu entwickeln abschneide, - kann ich demnach nicht umhin, zu ihrem besten noch einen Schlag mit meiner Zauberrute zu tun, und die ganze Insel auf immer und ewig - *unsichtbar* zu machen. Alle Mühe, die sich eure Seefahrer jemals um ihre Entdeckung geben möchten, würde verloren sein; sie werden sie in Ewigkeit nicht finden!

www.ingramcontent.com/pod-product-compliance
Lightning Source LLC
Chambersburg PA
CBHW060801310726
48980CB00002B/185

* 9 7 8 3 8 4 6 0 6 3 4 6 0 *